南町 番外同心5

助っ人は若様

牧 秀彦

二見時代小説文庫

南町 番外同心5――助っ人は若様

目次

第一章　助っ人は若様

一

文化九年（一八一二）の葉月――和暦の八月も末であった。

今年の葉月の晦日は、洋暦では十月の四日。暦の上で秋を迎えても夏の名残の暑さは未だに失せず、今日も朝から日差しが強い。

「肥前守殿、卒爾ながらお願い申し上げたき儀がござる」

根岸肥前守鎮衛が思わぬ話を切り出されたのは、日々の務めで千代田の御城に出仕をした帰り道。

同役の永田備後守正道を誘って懇意の禅寺に立ち寄り、遅めの中食を共にしている最中のことだった。

「今し方まで語ろうておった大つごもりの人事に関わる儀かの、備後守？」

「さに非ず。別儀にて貴殿にお口利きを願いたく……」

「おぬしでは直に頼み難い相手か」

「恥ずかしながら、左様にござる」

白髪交じりの頭を下げる正道は、当年取って六十一。

還暦を迎えても福々しい、恰幅の良い男である。

「左様とあらば是非は問うまいが、まずは膳の残りを片付けようぞ」

膝を崩すように促して、鎮衛は傍らの徳利に手を伸ばす。

「おお、般若湯はおつもりだの」

「それがしも同じにござる」

二人は手酌で満たした杯を乾し、膳に残った料理を平らげていく。

この小さな禅寺の住職は板前あがりで、鎮衛とは四十年越しの付き合いだ。

時の老中の田沼主殿頭意次に気に入られ、やはり意次から目を掛けられた仙台藩医の工藤平助や、本草学者にして一代の奇才であった平賀源内からも贔屓にされていたのが天明の末に出家に及び、小さいながらも寺を預かる身となったのは、鎮衛が現在の御役目に就いた後のことだった。

昔取った杵柄の腕前は上々で、精進料理を専らとしながらも灰汁抜きや隠し包丁といった下拵えの行き届いた季節の蔬菜の天ぷらに煮物、仏門で御法度の生臭物を豆腐や山芋に手を加えて巧みに似せる、もどき料理の類いも美味い。

お忍びで訪れる客は昔馴染みの鎮衛の他にも多いと見えて、気前よく弾んでくれる心づけで賽銭や寄進の不足を補っているようだ。

「天ぷらは早々に食しておいて良かったのう」

「さもありましょう。熱い内でなくば値打ちも下がり申す故」

「向後も美味いものを楽しめるように、お互い壮健でありたいものだの」

「左様に願いまするぞ」

「おぬしはいま少し、目方を絞ったほうが良かろうぞ」

「これは痛いところを突かれましたな」

「ははは、儂より若いと申せど油断は禁物ぞ」

打ち解けた態度で言葉を交わしながら、鎮衛と正道は箸を動かす。

好々爺にしか見えぬ二人だが、その御役目は責任も重い町奉行だ。

鎮衛は十四年前の寛政十年（一七九八）霜月に南町奉行所を、正道は一年前の文化八年（一八一一）卯月に北町奉行所をそれぞれ預けられた。

前の北町奉行だった小田切土佐守直年が去る文化八年の卯月二十日に急な病で果てた後を受けた正道は、呉服橋御門内に在る北町奉行所――正しくは北御番所――を預かって二年目を迎えた身。

南北二人の町奉行の御役目は、華のお江戸の司法と行政。共に役高として三千石を与えられ、各自が預かる町奉行所――正しくは御番所と呼ぶ――に併設された役宅に住んでいる。南町奉行所は数寄屋橋の御門内、北町奉行所は呉服橋の御門内と千代田の御城に近く、毎日の登城に至便であった。

今日も二人は朝一番で登城に及び、御城中の本丸御殿で町奉行の定席とされる芙蓉の間に午過ぎまで詰めた後、老中の下城を待って家路に就いた。

日々の御用に精勤するのは大事なことだが、気を張り詰めさせてばかりいては体が参ってしまう。

妻子と暮らす役宅も寛げる環境ではあるものの、御役目の上で知り得た諸事は家族であっても、みだりには明かせない。

鎮衛は何よりも仕事の愚痴を、糟糠の妻に聞かせたくはなかった。

故に下城の途次で寄り道をして、生き抜きをするのである。

気兼ねなく過ごせる隠れ家のような趣であり、滅多に余人を伴わない。

正道を誘うようになったのは、御役目に取り組む姿勢を見直したが故のこと。

こたびの願いについても前向きに、話を聞くつもりだった。

二

余さず平らげた料理の膳を、給仕役の小坊主が下げて行く。

締めに運ばれてきた食後の茶と甘味（かんみ）を味わいつつ、鎮衛は耳を澄ませる。

白玉粉（しらたまこ）を丸めた団子（だんご）に絡（から）めたこしあんの程よい甘さが、濃いめの煎茶（せんちゃ）と相まって舌に心地よい。

足音が遠ざかったことを確かめると、対面の正道に向かって呼びかけた。

「備後守、有り体（あ てい）に用向きを申してみよ」

張りのある声だった。

鎮衛は今年で七十六になる。

年を越せば、喜寿（きじゅ）を言祝（ことほ）ぐ身の上だ。

老いても矍鑠（かくしやく）とした鎮衛は若い頃から声量が豊かで、三奉行に御目付衆らを加えた合議によって難しい事件を裁く評定所（ひょうじょうしょ）でも、声の張りには定評がある。

持ち場とする南町奉行所においては言うに及ばず、奉行所内の御白洲で咎人を恐れ入らせる語気の強さは鎮衛を南の名奉行と賞して恃みとする江戸市中の民にとっては頼もしい限りであった。

料理の膳を下げられた後、庫裏の中は二人きり。

いたずら小僧の小坊主がこっそり舞い戻り、障子越しに聞き耳を立てている様子もなかった。

にも拘わらず正道は念を入れてのことなのか、声を低めて鎮衛に告げた。

「お願い申し上げたき儀は、廻方へのご助勢にござる」

「助っ人が要り用ということか」

「恥ずかしながら……」

「八森と和田を擁していながら、解せぬことだの」

鎮衛が首を傾げたのも無理はなかった。

廻方は江戸市中で発生した事件を追い、咎人を召し捕るのが御役目だ。

南北の町奉行所で各々十名前後の同心が任じられ、定廻、臨時廻、隠密廻と三つに分かれている。

中でも至難とされたのが、姿形を変えて探索を行う隠密廻だ。

北町奉行所は八森家と和田家、南町奉行所は江戸川家と尾久家が代々に亘って任を全うしてきたが、南の隠密廻は有名無実となって久しい。当主の江戸川古五郎と尾久範太が足腰を傷めた上に後を継がせる息子たちが若くして亡くなり、両家共に幼い孫しか居ないからである。

町奉行所の同心は余程の失態を犯さぬ限りは御役目を親から子に、あるいは養子に家督と共に引き継がせることを認められる。

同心ばかりか格上の与力まで表向きは一代限りとされながら世襲を黙認されたのは、市中の司法に加えて行政も担う町奉行所が御用繁多だったが故のこと。父親が現役の内に息子を見習いとして出仕させ、実務の経験を積ませることが必須であった。

せめて元服していれば形だけでも後を継がせることはできるが、未だよちよち歩きとあっては話にならない。さりとて幼子を含めた両家の人々を路頭に迷わせるには忍びなく、鎮衛は配下の与力と同心の監督を一任された権限で禄米を与え続けてきたものの、いつまでもこのままにさせておくわけにはいかなかった。

対する北町で隠密廻を務める八森十蔵と和田壮平は、還暦を過ぎても現役だ。

喜寿を目前にした鎮衛に比べれば若いというのを差し引いても、評価に値する働きを示して止まない。

あの二人を以てすれば、大概の事件は目星が付くはずだ。

どうして手が足りぬのだろうか。

「八森と和田が精勤の甲斐あって、当方の探索そのものに抜かりはござり申さぬ」

鎮衛が抱いて当然の疑念に、正道は躊躇いながら答えた。

「されば、何故の助っ人じゃ」

「首実検にござる」

「ということは、咎人と疑わしき者の面体を検めたいのか」

「左様」

「それは単に人手を貸すよりも、厄介なことだのう」

渋い顔になった鎮衛を前にして、正道は呼吸を調えた。

意を決した口調で問いかけたのは鎮衛が取るに足らない手合いと当初に断じ、野放しにしていた商いに関することだった。

「肥前守殿におかれましては、カラン糖をご存じにござり申すか」

「そのことならば耳にしておる。年明け早々に売り出されてからこの方、未だ人気だそうだの」

「左様にござる」

鎮衛の答えに正道は首肯した。

「浅草は黒船町に小店を構えて多勢の売り子を雇い入れ、市中の各所を歩かせており申す」

「店が小さいということは、行商を専らとしておるのだな」

「目立つ胸当てを着けた上で菅笠を被りし姿で市中を流して歩き、妙な呼び声で集めし客に売りつけており申す」

「その呼び声とやらが、大した評判だそうだの」

「ご存じでござったか」

「話には聞いておるが、直に耳にしてはおらぬ」

「肥前守殿は御用繁多なれば無理もございますまい」

「それはおぬしも同じであろうぞ」

「いや、滅相もござらぬ」

「謙遜するには及ぶまい。その呼び声とやらを、やって見せよ」

「心得申した。されば、ご免」

断りを入れた上で、正道は口を開いた。

「カラン糖〜、カランとカランとカランと〜」

節をつけての口上は、なかなかの美声であった。

恰幅の良い体が音を奏でる楽器として、無駄なく活かされているのだ。

これも下地となる、稽古を重ねてのことである。

正道は勘定方の御役目で評定所に派遣されて留役を務めた若い頃、血を吐くほどの精勤が過ぎて体を壊してしまったことを機に体力の向上を期し、能の稽古を始めたという。

再び御用熱心となった正道は、謡を嗜んでいるらしい。

能の台本を語り物とする謡は素人芸では聞くに堪えぬものだが、この口上を聴いた限りでは声の張りも申し分ない。精勤ぶりのみならず趣味においても、若き日の情熱を取り戻しつつあるのは結構な限りだ。

「お耳汚しにござり申した」

「いやいや、見事なものぞ」

照れ臭そうな顔で語りを終えた正道に微笑み返すと、鎮衛は続けて問いかけた。

「それにしても興味深き話だの」

「お気になられましたのか、肥前守殿」

「おぬしも知ってのとおり、儂は左様な性分なのでな」

「流石なことと存じ申す」

正道の答えは、鎮衛が長きに亘って筆を執ってきたことを踏まえたものだ。

南の名奉行として名声を博する傍らで手がける雑文集の『耳嚢』は九巻目に至っており、来る十巻が待たれている。寄る年波で夜なべの執筆が厳しくなりつつあったが鎮衛は上梓するまで筆を置く気がない。

御役目の上のことに限らず、鎮衛の好奇心は極めて旺盛。

市中の流行り物に関心が向くのも当然だったが、カラン糖なる代物については些事と見なしていたが故、詳細までは与り知らない。

「現物にござり申す」

正道が腰に下げていた印籠から取り出したカラン糖は、大ぶりの丸薬めいたもの。

「お口になされまするか？」

「頂戴しよう」

正道が差し出す一錠を、鎮衛は躊躇うことなく口にした。

以前であれば一服盛られるのではと警戒し、手を出しはしなかったことだろう。

しかし、今は違う。

鎮衛と正道は同役にして、志を同じくする間柄。

将軍家の御膝元である大江戸八百八町の安寧を護るために力を合わせ、共に事件に挑む身だ。

悪しき行いを止め、その名に違わず正しき道に踏み出した同役の力になりたい。

故に毒と疑うことなく、差し出されたのを口にしたのだ。

「ふむ……」

「いかがにござり申すか」

「甘いのう……有り体に申さば、くどすぎるわ」

「この甘さが市中の者たちを虜にしており申す」

「まことか?」

「ご存じのとおり、江戸っ子の甘味好きは今日に始まったことではござり申さぬ」

「左様だのう」

正道の言葉に首肯しながらも、鎮衛は顔を顰める。

酒も甘味も好む質だが、このカラン糖なる代物の甘さは濃厚に過ぎる。

しかし正道が言うとおり、市中の民は喜ぶ味に違いあるまい。菓子はもとより煮物にまで糖分を加えて、甘くしたがる者が多いからだ。

とはいえ、砂糖はそうそう気軽には購えない。

上物の白砂糖は調味料ではなく薬種として扱われており、精製されていない黒砂糖も安くはない。

かつて薩摩藩が一手に握っていた砂糖黍が他に広まり、高松藩をはじめとする四国においても生産されるようになったものの、未だ高嶺の花であった。

当時は砂糖大根も一般化しておらず、庶民の口に入る甘味は専ら麦芽糖。

町中で売られている安価な飴に使用されているのも、それである。

そこに忽然と現れたのが、カラン糖というわけだ。

飛ぶように売れるのも、当然であろう。

「これなるカラン糖は、癪の妙薬としても評判を集めており申す」

「売り元が左様に申しておるのか」

「さに非ず。いつの間にやら町中に広まりし噂にござる」

「風聞は誰でも流せるものぞ」

「身共も左様に存じおり申す」

「あからさまに薬と称さば勝手に商えぬ故、あくまで甘味としておるわけだな」

「この尋常ならざる甘さが、妙薬と信ずる源となっておるかと」

「……黒船屋について子細を聞かせよ」

「あるじは治右衛門と称しており申す」

「奉公人は」

「作兵衛なる番頭と、手代の房吉にござる」

「三人だけで切り盛りしておるのか?」

「雇いの売り子を大勢抱えておりますれば」

「手堅き商いぶりだの」

店を構えた町に因んだ屋号の小店を営むあるじは、確かにやり手と言えよう。

江戸市中に持ち込まれた薬品は、幕府が日本橋最寄りの伊勢町に設けさせた和薬種改会所において鑑定を受け、品質を検めた上でなければ販売を許されないのが天下の御定法だ。

しかしカラン糖は菓子として売られているため、取り締まりの対象外。

それが胸や腹に激しい痛みが走る病の癪に効能があると噂になり、妙薬として評判を呼ぶに至ったのである。

雇い入れた売り子に評判の妙薬を扱っているのが一目で分かる扮装をさせ、市中を歩かせるのも上手いやり方だ。

「蛇の目の胸当てか……それは目立つであろうの」

「背中にも入れておりますれば、尚のことかと」

「商いもいくさと申すは、商人どもの常であるからの」

渋い顔でつぶやく鎮衛の羽織は蛇の目紋。

戦国乱世の名将にして肥後熊本藩を最初に治めた加藤清正が用いたことで知られる紋所は、清正公の愛称で清正を敬愛する江戸っ子の人気も高い。ちなみに鎮衛の蛇の目は養子に入って家督を継いだ根岸家の、歴とした家紋である。

複雑な面持ちの鎮衛に向かって、正道は静かな口調で続けて語る。

「八森と和田に探索を命じたところ、カラン糖が妙薬であるとの噂は黒船屋の手代が自ら触れ廻り、広めたことにござり申した」

「やはりか」

鎮衛は得心した様子でつぶやいた。

カラン糖は総じて甘味を好む江戸っ子の嗜好に合わせただけの代物に過ぎず、その効能は黒船屋の一味が流した噂を、真実に違いないと思い込んだ故のこと——後の世で言う、プラシーボ効果でしかなかったのだ。

「小賢しくも上手いやり方にござる」

「度し難きことなれど、それも商いの一手ぞ」

「左様なやり方は往々にして、評判倒れに終わることが多うござる」

「したが、カラン糖は未だ売れておるのであろう？」

「左様にござる」

「この甘みが癖になってのことだの」

「ただの甘味に再三再四に亘りて銭を散じるのは気が咎め申そうが、薬となれば話は別にござる故な」

「つくづく商売上手だの」

「なればこそ、この甘みの濃さが気になり申す」

「採算が取れておるのか否か、ということだの」

「和田にカラン糖を調べさせましたるところ、主たる源は黒砂糖にござった」

「黒糖とな」

「しかも費（つい）えを厭（いと）わずに、惜しみのう用いておるとの由（よし）にござり申す」

「医者あがりの和田が左様に判じたならば、間違いはあるまいの」

「八森も同じ意見にござった」

「あやつも元は本草学者……しかも師匠は大物であったな」

「それは和田の師匠も同じにござり申す」

「工藤平助に平賀源内、か」

「源内が若き日に仕えし松平様の高松藩は、今や砂糖黍で有名になり申した」

「未だ薩摩には及ぶまい。量はもとより質も、な」

「正しく申さば、琉球国でござり申すな」

「薩摩七十七万石に加えて琉球まで支配下に置くことを、島津家は御上より許されておられるからの」

「これなるカラン糖に用いられし黒砂糖も、琉球の島々にて産する品に相違ないとの見立てにござり申す」

「左様か」

鎮衛は腕を組んで思案した。

眉間に皺を寄せた顔は、老いても精悍さが失せていない。

思案するのはカラン糖に採算を度外視した、大量の黒砂糖が凝縮されているという事実である。

砂糖黍の茎を搾った汁を煮詰めた黒砂糖は琉球国の特産品だが、利権を握っているのは薩摩藩主の島津家。

武力による統治は江戸の幕府はもとより唐土の清王朝にも黙認されており、琉球の諸島で産する黒砂糖の売り上げは薩摩藩の貴重な財源だ。

江戸に居着いて間もない小商人が大量に扱うことは難しいはずなのに、何処で買い付けたのであろうか。

そもそも利を産まぬ真似を、仮にも商人がするわけがない。

真っ当に仕入れることが叶わぬ以上、自ずと答えは見えてくる。

「……抜け荷だの」

「何故、左様にご判じなされ申すか」

「黒船屋のやり方は薄利多売にも程があるからの」

「確かに日本橋の越後屋（えちごや）どころではござらぬな」

「元手要らずとあらば、得心がいくであろう」

「されば、黒船屋は」

「何処かにて抜け荷の黒砂糖を掠め取り、一儲けしようと企みおったのだ。それも陰にて売り捌（さば）くのではなく堂々と、稀（まれ）なる甘さの妙薬に仕立てた上での」

「重ね重ね、小賢しきことにござる」

「見逃すわけには参らぬぞ、備後守」

「もとより承知にござり申す」

「黒船屋を御縄にするには、動かぬ手証が要るぞ」

「なればこそ、肥前守殿にご助勢を願い上げたいのでござる」

「何なりと申してみよ」

「されば、若様をお貸しくだされ」

「若様を、だと？」

「左様にござる」

驚く鎮衛に向き直り、正道は折り目正しく頭を下げた。

三

赤坂田町の下屋敷に、ただならぬ雰囲気が満ちていた。

（聞きしに勝る凄腕ばい……）

掃除が行き届いた庭に降り立ちながら、静江は胸の内でつぶやいた。

銀髪を頭の後ろで凜々しく束ねた老女の装いは、生成り木綿の筒袖に袴である。皺になりがちな生地を手のひらで伸ばし、綻びを繕う手間を惜しむことなく、長持ちをさせてきた愛用の道着だ。

足袋はもとより履いていなかった。月明け九日の重陽まで略して過ごすのが習いであるため、箒の掃き目も鮮やかな庭土を素足で踏み締める。

左手に提げた木刀は小太刀。

国許の肥後で赤子の時から慈しみ育ててきた姫様の一大事と判じて、去る水無月に江戸へ下った際に持参した一振りだ。

還暦を過ぎて久しい静江だが、同門の男たちも顔負けの技量は健在。隠居した同じ世代の連中は言うに及ばず、若い者にも未だ後れを取らない。

そんな静江が圧倒されるほど、対する相手は手強いのだ。

とはいえ、外見が厳めしいわけではない。

鼻筋の通った細面は品が良く、色白で目元は涼しげ。

元服を済ませて久しいはずの年格好だが、髷を結ってはいなかった。形の良い頭を青々と剃り上げて、丸坊主にしているからだ。

身の丈は並より低く、筋骨隆々ではないものの、引き締まった体つきが頼もしい。まだ二十歳を過ぎたばかりと思しき坊主頭の青年は、茶染めの筒袖と野袴姿。日頃から一本差しにしている小脇差は静江の夫で、立ち合いの裁きを任せた田代新兵衛が預かっていた。

その新兵衛も二人と共に庭へ出て、午を過ぎても強い陽光の下に立っていた。若い頃から武骨な顔の曇りは、燦々と降り注ぐ日差しを受けても失せはしない。

「……気ば乗らんのなら、退いてもろて構わんとよ」

旧知の青年に向かって新兵衛が呼びかけた。

武士がお国言葉で話すのは、親しい相手に限ってのことである。

「姫様のご尊名を騙って招き、静江が立ち合いば申し入れたんは、我ら夫婦が一存ばい。そぎゃんこつは相良の殿はもとより若もご存じなかと」

「構いませぬよ」

躊躇いながら申し出た新兵衛に、青年は涼やかな声で答えた。

「ほんでも、おぬしば後見してなさる南のお奉行……肥前守様は？」

「その儀ならば、ご懸念には及びませぬ」

「な、何故たい」

「南のお奉行からは、かねてより申しつかっておりました。いずれ静江殿が腕試しを申し入れて参るは必定なれば、その時は誠を以て応じよ、と」

「誠？」

「今日まで柚香殿の親代わりの大役を務めて来られし貴方がたの、二心なき在り方のことを仰せなのでございましょう」

「……痛み入りもす」

初めて顔を合わせた時には敵同士であった青年に新兵衛は心酔し、大事な姫様を託すに相応しいと見込むに至ったそうだが、静江は違った。

無二の夫の言うことを信じぬわけではなかったが、この目、この腕で確かめた上でなければ安心できない。

総じて好もしい殿御であり、男勝りの姫様が一目惚れをしたのも頷ける。

なればこそ話を知るに及んだ静江は国許から馳せ参じ、青年を狙う恋敵どもに後れを取らせまいと躍起になったものだ。

だが、いざ二人の距離が縮まってくると不安を覚えた。

この青年は、己が来し方を覚えていない。

過去の記憶を失い、親がつけてくれたはずの名前も忘れてしまっていた。

それでいて芯はしっかりしており、人柄も申し分ない。

されど、今は記憶が無いのは事実。

全てを思い出した時、この青年が何とするのか。本来の自分に立ち戻り、仮初めの時を過ごした間に結んだ縁も棄ててしまうのではないだろうか――。

そんなことを考え始めるや不安が募り、居ても立っても居られなくなったのだ。

静江が見た限りでは、今のところは危うい兆し(きざ)は皆無。

姫様の招きと称すれば、何の疑いも抱かずに姿を見せる。

そこで静江は姫様の名前を拝借し、青年を呼び出したのだ。

姫様が身を寄せている芝藪小路(しばやぶこうじ)の上(かみ)屋敷を避け、ここ赤坂田町の下屋敷まで連れてきたのは新兵衛だ。子どもの時分から逆らえなかった静江の剣幕に負け、青年を呼び出す使者の役目と裁定役を引き受けてはくれたものの、いざ勝負を始めようという段になったところで静江に念を押し、危ういと見なした時に止めに入ることだけは、頑として譲らなかった。

「されば、ご裁定をお願いします」

新兵衛に向かって告げるや、青年は一揖(いちゆう)した。

軽く頭を下げただけながら、心の籠もった素振りであった。

「こ、心得申した」

恐縮しきりの新兵衛と礼を交わした青年は、続けて静江に向き直った。

間合いを取って向き合う姿は自然体(しぜんたい)。

諸腕(もろがいな)を体側に下ろした姿勢に、もとより無駄な力は入っていない。

静江の頬を冷や汗が伝って流れる。

見守る新兵衛も緊張を隠せぬ面持ちだった。

かつて青年と対決し、その実力を思い知らされたが故なのだろう。

しかし、静江は退くわけにはいかなかった。

この勝負を申し入れたのは、静江自身。

この青年が大事な姫様を託するに相応しい、真の強者(つわもの)であるのか否かを見極めたいが故に無礼を承知で呼び出し、腕試しを申し入れたのだから——。

四

「始めい」

新兵衛の一声が勝負の開始を告げた。

静江は左手に提げた木刀を右手に取り、片手中段に構える。

「南無大聖摩利支天菩薩神呪経(なむたいせいまりしてんぼさつしんじゅきょう)」

おもむろに唱え始めたのは摩利支天経。

静江が学び修めた剣の流派では、日々の稽古においても詠唱(えいしょう)するのが習いである。

対する青年に動きはない。
自然体で立った姿を崩すことなく、気迫が漲る詠唱を受け止めていた。
「…………」
「エイ！　エイ！　エイ！」
鋭い気合いと共に小太刀が空を切る。
詠唱を終えた静江は、前に向かって跳び出した。
刀よりも短い小太刀は、体の捌きで刃長を補う。
老いを感じさせない足捌きで、流れるように間合いを詰めていく。
譬えるならば、天翔ける鳥。
それも狙いを定めた鷹さながらの、速さと強さを兼ね備えている。
応じて青年が構えを取った。
両の膝を少し曲げ、左足を前に出す。
右の拳は胸前に取り、左拳は地面と平行。
左右いずれも肘を引き、拳を前に向けていた。
静江が小太刀で狙ったのは、右の拳。
相手が刀を腰にしていれば、抜刀するのを阻む一手だ。

青年のように丸腰であっても、負けじと応じるはずである。

静江の読みに違うことなく、右手を庇(かば)った青年は左の拳で小太刀を受け止めた。

品の良い佇(たたず)まいをしていながら、この青年の指は太い。

幼い頃から時をかけ、鍛え上げてきたのだろう。本身と違って斬れぬ木刀、それも刀勢(とうせい)が乗っていない状態とあれば、受け止めるのに不足はなかった。

思惑どおりの反応に付け込み、静江は次の一手を打つ。

「ハイ!」

気合いも鋭く繰り出したのは、左の手刀(しゅとう)。

手のひらを上に向けての目潰しだ。

小太刀は右手一本で用いるため、左の手が空(あ)いている。

もとより利き手ではなかったが、仕掛ける動きは慣れたもの。

目を狙った一撃は、かわされても次の攻めに繋がることを想定している。

ひとたび体勢を崩してしまえば、続く攻めには耐えきれまい——。

思惑を破ったのは、青年の思わぬ対処。

左の拳で小太刀を受けたまま、空いた右手で静江の手刀を止めたのだ。

(これが唐土渡りの拳法(けんぽう)……)

静江は一瞬ながら、慄然とさせられずにはいられなかった。

この青年が得意とするのは、相手を鍛えた拳で打ち倒すことだけとは違う。

組み打ちに及んで関節を極めることも、難なくやってのけるのだ。

静江の窮地を救ったのは、少女の頃から五体に摺り込まれた体の捌き。

「エイ！」

気合いと共に放った蹴りが、青年の左の脇胴を捉えた。

しかし、青年は倒れない。

体の軸を崩すことなく間合いを取り直し、無言で静江を見返していた。

「くっ」

思った以上の反動に、静江の顔が堪らず歪む。

青年の引き締まった肉体は、筋骨隆々というわけではない。

無駄な肉は付いておらず、さりとて骨張ってもいなかった。

にも拘わらず静江の蹴りに耐えたのは、幼少の頃から拳法の修行を積むことにより会得するに至るという、呼吸の法の為せる業。

攻めを受けた部位を硬くして衝撃に耐えるわけだが、もとより容易に成し得ることではあるまい。この青年は、紛うことなき強者なのだ。

「それまでっ」

新兵衛が割って入ったのは、頃や良しと判じてのことに違いない。

しかし、静江は止まらない。

眦（まなじり）を決し、再び一気に間合いを詰めていく。

天翔ける鷹の如き突進を止めたのは、予期せぬ一声。

「控えよ、静江っ」

「姫様⁉」

「驚くのはこっちばい……」

よほど急いで駆け付けたのだろう。

目鼻立ちのくっきりした美貌は汗まみれ。

羽織袴の男装をしていても、見紛うことなき若い女人だ。

「若様ぁ、大事なかと？」

息を弾ませながら青年に向き直り、問う女人の名前は柚香。

肥後国で人吉（ひとよし）二万二千一六五石を領する相良家の、隠し子とはいえ歴とした姫君であった。

五

「ご無礼の段、平にご容赦くだされっ」

「頭を上げてください」

屋敷奥の座敷で口調を改めた柚香に深々と頭を下げられ、若様は困惑していた。

柚香とは昨年に知り合って以来、何かと世話になっている。

その名を騙った静江に呼び出され、立ち合いを所望された理由は、大切な姫様可愛さ故の腕試しのためであったと分かって腑に落ちた。

何も柚香が謝ることではない。

「流石はタイ捨流。お見事な業前にござり申した」

若様が口に上せたのは、静江が修めた剣の流派の名前。

開祖は丸目蔵人佐長恵。

相良家の忠臣にして、非凡な才を備えた武人であった。

戦国の乱世も直中の天文九年（一五四〇）に生を受け、精強の島津軍を相手取っての初陣に臨んだのは、十六の年のこと。当時は兵法と呼ばれた剣術の修行を重ねた末に京の都へ上り、新陰流の開祖で剣聖の誉れ高い上泉伊勢守信綱の門下で四天王の一人に数えられた長恵は、その後も研鑽を重ねた末に自ら流派を興し、タイ捨流と称したのである。

「こちらこそ、お見それしたばい」

悪びれることなく口を挟んできたのは静江である。

応じる若様にも、含むところは何もない。

「唐渡りの拳法がタイ捨流の根幹に在ることを、改めて思い知りました。良き学びになったと存じまする」

「そぎゃんこつ言われっと、わっが立場がなかとよ」

静江は謙遜しながらも、満更でもない様子。

「少しは反省せんね」

傍らで新兵衛が苦言を呈しても、どこ吹く風といった面持ちだ。

「まぁまぁ」

柚香が堪らずに叱りつけようとした機先を制し、若様は言った。

「伝林坊頼慶様――にございましたか」

名を挙げたのは、タイ捨流の基礎を固めた功労者である。

晩年の長恵は切原野——後の世に果実の名産地として知られることとなる球磨郡の錦町に隠棲し、高弟の伝林坊頼慶に一門を託した。時の明王朝から亡命して日の本に居着いた頼慶は長恵亡き後も相良家に仕え、剣術に拳法を加えた技を体系化。自身は修験道の修行を通じて忍びの術を会得し、相良家代々の護りとすべくタイ捨流を母体とする忍群を組織したという。

その相良忍群を先頃まで率いていたのが、柚香なのだ。

隠し子ながら相良家の当主の子として生を受けた姫君ながら、忍群の中核をなしていた新兵衛と静江に育てられたことにより、天与の才を発揮したが故であった。

厳しい生き方を強いられた隠し姫も、いまは自由な日々を満喫している。

若様に寄せる気持ちは感謝から、揺るがぬ慕情へと育っていた。

そうと察しがつかぬほど若様も鈍くはないが、柚香が寄せる好意を受け入れるには至っていない。

昨年に渡った九州の離れ島において受けた神託あってのことだ。

自分は徳川の一族が悪しき道へ進むのを防ぐために生まれた身。

その使命を全うすることを、第一に考えねばならない——。

「まだまだ暑いですね」

柚香の視線をさりげなく外した若様は、窓の向こうに視線を向けた。

塀の向こうから吹き込んでくる風が涼しい。

この界隈に配備された上水道の水源にして千代田の御城の外堀を兼ねる溜池の広い水面を渡り来た、冷気を孕んだ風である。

諸藩を治める大名たちは、華のお江戸に複数の屋敷を所有している。

全ての大名家に御公儀から無償で与えられた上屋敷は、当主の大名が在府している間の住まいであり、江戸における藩の政庁。将軍家に臣従した証しの人質として国許から連れて来られた、大名の正室を留め置く場所でもある。

相良家では千代田の御城の虎之御門外に位置する愛宕下藪小路に上屋敷を拝領する一方、赤坂御門外の田町の西角に下屋敷を自費で構え、次期当主である世子の住まいとしている。

肥後国の南部に位置する人吉藩は、北を細川家の熊本藩に、南を島津家の薩摩藩に挟まれた外様の小藩だ。

外様なのは同じだが、細川家は五十四万石、島津家は七十七万石。

対する相良家の石高は、わずかに二万二千一六五石。

表高より米の穫れ高が多く、利を生む苧と茶も領内で豊富に産するとはいえ二万石ばかりの小大名では、九州屈指の大大名にして由緒正しい名家である、細川と島津の両家とは張り合うべくもない。

相良家も元を正せば、鎌倉将軍家に仕えた御家人だ。

源頼朝の挙兵当初は平家に合力したため冷遇されるも、地頭として派遣された九州の地に根付き、鎌倉幕府の瓦解に続く南北朝の動乱を乗り越えた相良家が戦国の乱世を生き抜き、江戸開府当初の御取り潰しが猛威を振るった時代も乗り切って、文化九年の今日を迎えるに至ったのは、徳川将軍家と結んだ古の約定が未だ続いていればこそである。

その約定とは相良家が擁する影の力を、御公儀のために役立てること。

代々仕える十組の忍群の半数が江戸在勤で御公儀御庭番の行状を監視し、残る半数が九州で諸大名家の抜け荷を摘発することだ。

いずれも世に知られざる影の御用であり、幾ら手柄を立てたところで相良家の加増に繋がることはない。

全ての大名にとって沽券に関わる千代田の御城中での席次や、官位が上がることもなかったが相良の藩領は永らく安堵され、他の大名家ならば取り潰しの理由にされたであろう不祥事が幾度となく出来しても、処断されることはなかった。

御公儀の寛大な配慮の背後に存在したのが、人呼んで相良忍群。

家中の精鋭が集められた十組の忍群は、いまは柚香に代わって新兵衛の指揮の下に置かれている。

頸木（くびき）を脱した姫様のために、若様を婿に迎えたい。

それが自分たちの成すべきことと、老いても手練（てだれ）の夫婦は考えている。

故に若様を前にして、静江は言わずにいられない。

「出来（でく）っことなら、こん屋敷ば逗留してくんしゃい」

「それはいけませんよ、静江殿」

「肥前守しゃんには話ば通してござんもす」

「困ります」

満更でもない様子の新兵衛は助けてくれず、柚香は頬を赤らめながらも熱い眼差しを向けてくる。

「さ、されば失礼つかまつります」

さっと一礼するなり腰を上げ、若様は座敷を抜け出した。

若様が将軍家の血筋と知るに及んだ後も素性（すじょう）を隠し、後見をしてくれている鎮衛が同意していようとも情にほだされてはなるまい——。

六

四枚の翅を煌めかせて蜻蛉が飛んでゆく。

一対の複眼は明るい緑。胴は黄色と黒の縞模様。

日の本の蜻蛉で最も大きく強い鬼蜻蜓だ。

「わぁ……」

力強くも軽やかに飛びゆく姿を見上げ、少年は目を細めた。

数えで四つ、満で三歳ばかりと見受けられる幼子だ。

前髪の間からつぶらな瞳を覗かせ、ぷっくりとした頰を紅潮させている様が愛くるしい。乳飲み子の頃は男女の別なく剃り落とすのを伸びるに任せ、毛先のみを切り揃えたおかっぱ頭は禿と呼ばれる、幼子ならではの髪型である。

ここは徳川御三卿、一橋徳川家の中庭。

八代将軍の吉宗が四男の宗尹を初代の当主と定め、千代田の御城を護る一橋御門の内に与えた屋敷は広大で、母屋を囲む庭も広い。四季折々に花咲く木々が植えられた先に広がる池も大きく、年端もいかぬ子どもを独りで遊ばせておくのは危ういと見なさざるを得まい。

しかし、当の少年は平気の平左。短い足を達者に運んで広い芝生を横切り、庭木の茂みを通り抜け、池へ向かって歩いていく。

頭上を飛んでいるのは、先程の鬼蜻蜓だ。

大きな翅で風を切り、先導するかのように進みゆく。

「待たせたの、邦丸」

名前を呼ばれた少年が、池の縁で足を止めるや踵を返す。

「おじいさま！」

丸顔を輝かせて駆け寄る少年の装いは羽織と袴。町人は祝いの席でしか袖を通せぬ礼服も武家においては常着であり、まだ髷を結えない幼子も着用する。刀はもとより脇差も帯びてはいないが、この少年は武士なのだ。

「ははは、また重うなったの」

跳びついてきた少年をものともせず、軽々と抱き上げる。

七十絡みの、福々しい顔立ちをした老人だ。

こちらも髷を結ってはおらず、青々と剃り上げた頭に被っていたのは後ろと左右の三方に垂れが付いた誌公帽子。古の唐土で異能を発揮し、十一面観音の化身と崇められた宝誌に所縁の被り物だ。

老いても恰幅の良い体に白衣を纏い、上に重ねた羽織は墨染め。略式の袴である軽衫を穿き、大小の二刀を帯びていた。

「おじいさま、あれ！　あれ！」

「おお、勝虫か」

「かちむし？」

「左様に呼ぶのが武家の習いじゃ。当家においては尚のことぞ」

柔和な表情を崩すことなく邦丸に向かって告げる、その老人の羽織は三つ紋付。両の胸と背中の部分に刺繍されていたのは、丸に十文字。

老人に抱かれた邦丸の羽織にも、同じ家紋が見て取れる。

この二人は外様の大藩にして西国一の大大名、島津家の一族なのだ。

「邦丸、しかと覚え置くがよい」

飛び去る鬼蜻蜓を見送りながら、老人は言った。

「勝虫もとい蜻蛉は前に向こうて飛ぶのが常じゃ。行く手に白刃があろうと臆さぬが故に槍の鋭き穂に止まり、真っ二つにされてしもうた話もある……これなる話を愚かと笑うようでは、我が島津の家中を治めることは叶わぬぞ。おぬしは知るまいが国表には猪も逃げ出すほどに退くことを知らぬ猛者どもが、とぐろを巻いておるからのう」

「……………」

老人の語る言葉に耳を傾けながらも、江戸生まれの邦丸はきょとんとしていた。

気に入った蜻蛉の異名が勝虫というのは分かっても、その先の話は理解し難いことである。

「大いに学び、大いに遊べ。今はそれがおぬしの御役目じゃ」

曾孫の頭を撫でて笑う様は如何にも好々爺だ。

そこにいま一人、人の好さげな老人が顔を見せた。

「当家の庭は如何にござるかな」

「いつもながら手入れが行き届いており申すな」

「さもあり申そう」

笑顔で頷く老人の名は、徳川治済。

一橋徳川家の先代当主にして、将軍の実の父である。

「時に島津殿、新たな荷は入り申したかな?」

「またでござるか」

「年寄りの無聊を慰めるためなれば、何卒よしなに頼みまするぞ」

「仕方ござらぬな。その時はお知らせ申そ」

苦笑交じりに答えると、重豪は踵を返す。

「参るぞ、邦丸」

「はいっ」

とたとたと追ってきた曾孫と共に、重豪は一橋屋敷を後にした。

島津家は御府内に五つの屋敷を所有している。

幕府に対する人質として当主の正室が留め置かれ、江戸参勤中には当主も暮らす上屋敷が在るのは芝の新馬場。次期当主となる世子が住まう中屋敷は同じく芝の新堀と、増上寺の参道に連なる幸橋の御門内に在る。そして有事に避難所となる下屋敷は、高輪と品川に所有していた。

千代田の御城の外曲輪に設けられた幸橋御門は将軍が増上寺に参詣する際に通る御成門でもあるために、平素から警備が物々しい。

その点、下屋敷は気楽なものだ。

重豪は高輪の下屋敷を隠居所と定め、屋敷地の一角に設けた隠宅を蓬山館と称して住んでいた。

島津家の屋敷は、いずれも江戸湾と繋がっている。

外海を渡り来た船を沖合いに停泊させ、荷を小船に移して運び込むのも自在というわけだ。

いまや将軍家の身内となった島津家には、如何なる役人も手を出せない。

故に治済は重豪に甘言(かんげん)を弄(ろう)し、異国の品々を取り寄せさせるのが常であった。

娘の夫の父親とはいえ、小賢しいことである。

しかし、重豪は私的な抜け荷を好まない。

苦しい内証を補うために藩を挙げて利を得ることは必要ながら、重豪は先々代とはいえ島津の当主。

由緒正しい家を保つためには手段を選ばぬが、己自身の懐(ふところ)を肥やしたいとは思っていない。

この信条は幼い曾孫にも、しかと受け継がせたいところであった。

第二章　心を同じく

一

江戸前の海は穏やかに凪いでいた。

「今日は風が無えから温けぇなぁ……」

「寒がりのおぬしにとっては幸いだの」

「へっ、俺だって年がら年中震えてるわけじゃねぇやな」

二人の男が午後の街道脇に立ち、声を潜めて言葉を交わしていた。

一人は筋骨逞しく、いま一人は細身である。

共に紺木綿の手甲を着け、脚絆を巻いた道中支度だ。

木綿の単衣の裾をからげ、股引を穿いた脚を露わにしている。三条大橋から日本橋に至る東海道中を品川まで踏破し、華のお江戸に至る道すがらといった趣である。

　ここは高輪の中町(なかまち)。

東海道を通って江戸市中に入る玄関口として設けられた大木戸前の、品川寄りの海に面した町人地の一画だ。

男たちは石畳が左右に敷かれた大木戸に背を向けて、秋の海を眺めやる。

揃いの三度笠に隠された顔形までは見て取れない。

手甲と袖の間に見える腕は日に焼け、夏の暑さが盛りだった頃から表で過ごすことが多かったと察しがついた。脛(すね)が子持ちししゃもの腹の如く張っており、長い距離を歩き通すのを苦にしないほど鍛えられているのが分かる。

汗は手甲と脚絆ばかりか、単衣の背中にまで染みていた。

大木戸を潜(くぐ)る際には旅装を解くのが決まりとされており、東海道から江戸に入る者は手前の品川宿で旅籠に寄って風呂に入り、旅の垢を落として髪も結い直し、身なりを調えるのが習いである。

　しかし三度笠の二人連れは、未だ旅装を解いていない。

「八州帰(げえ)りの時みたく土産もんも用意しときゃよかったかもしれねぇなぁ、壮さん」

「そこまで装うには及ぶまいぞ」

筋骨逞しい男の問いかけに、細身の男が三度笠の下から答えた。

共に道中の用心らしく脇差を腰にしているが、細身の男が差した一振りは長め。

刀に比べれば短いものの、刃長は二尺（約六〇センチ）に近い。

武士が真剣勝負に際して刀を損ねた場合に備え、差し添えにする大脇差だ。

博徒は長脇差と呼び習わし、旅暮らしの渡世人ばかりか宿場町の一家に属する子分衆も好んで持ち歩くが、刃長はもとより強度も本式の刀には及ばない。

細身の男が帯びているのは納められた黒鞘越しに分かるほど重ねが厚く、差し添えとしても不足はあるまい。技量がなければ扱いきれず、鞘から抜き差しをするだけで誤って怪我をしそうだ。

いま一人が腰にしているのは、ありふれた道中差。

体つきこそ頑健そうだが、剣の腕には覚えがないらしい。

それでいて、無頼の者めいた伝法な言葉遣いは様になっている。

対する細身の男の口調は、あくまでも折り目正しいものだった。

「我らが素性を検められるに至ったならば、幾ら芝居を打っても無駄なことだ。願わくば無傷で済ませたいところだが、いよいよとなった時は無二念に、囲みを破りて逃れるのみであろう」

「ぞっとしねぇが、そうするしかあるめぇな」

「くれぐれも無茶は致すでないぞ」

「分かってらぁな。後生無事に帰りてぇのは、俺だって同じさね」

「されば参るか、八森」

「合点だ、壮さん」

笠の縁を持ち上げて視線を交わし、頷き合う。

八森と呼ばれた男は、えらの張った四角い顔。

どんぐり眼と獅子っ鼻が厳めしく、白髪交じりの眉は太々しい。

壮さんと呼ばれた相方は細面で、整った目鼻立ち。

老いても美男と呼ぶに相応しい、見た目と雰囲気を備えている。

二人の名前は、八森十蔵と和田壮平。

その御役目を知る人々が『北町の爺様』と親しみを込めて呼ぶ、北町奉行所の隠密廻同心である。

西日の照らす大木戸へ向かって、二人は歩みを進めゆく。

町角を左に曲がりざま、張り付いたのは延々と続く練塀。

薩摩七十七万石の島津家が高輪に構える下屋敷だ。

島津家は大木戸とは逆の品川へ向かった先にも下屋敷を有しているが、人の出入りが多いのは高輪屋敷。家中で高輪御殿と呼ばれるのは、蓬山館なる重豪専用の隠居所が屋敷地内に設けられているからだ。

塀際で息を潜めた二人の耳に、馬蹄（ばてい）の響きが聞こえてくる。

十蔵と壮平が身を隠したのは、裏門へと続く道。

青毛の駿馬（しゅんめ）が入りゆくのは、表門に至る小路である。

お供の面々を従えた馬上の人物は七十絡みの、福々しい顔立ちをした男。

あどけない顔をした幼子を、ちょこんと前に跨らせている。

見届けた十蔵と壮平は、表通りの街道に出る。

やり過ごした一行に気付かれた様子はない。

「ご開門！」

青毛の口取りをしていた足軽の一声を受け、表門が重々しい音と共に開かれる。

物陰から見守る二人の視線の先で、一行は門扉（もんぴ）の向こうに消えていく。

十蔵と壮平が言葉を交わしたのは表門が閉じられて、暫しの時が経った後。

「……流石は高輪下馬（げば）将軍、大（てえ）した貫禄をしてなさるぜ」

「……まことだの」

不用意に罷り出て、門番に見咎められるような真似はしない。

旅帰りの二人連れを装った十蔵と壮平の目的は、青毛の駿馬を駆る老人――島津家の先々代の当主である重豪が私的に行っていると目される、抜け荷の証拠を確保することであった。

昨年の卯月の末に北町奉行となった永田備後守正道から命を受け、隠密廻に必須の七方出と称する変装術を用いての探索である。

大木戸を前にしながら旅装を解かずにいたのも、考えあってのことなのだ。

二

十蔵は壮平に目配せをするなり、物陰から歩み出た。

三度笠は顎紐を解き、振り分け荷物と一緒に両手で抱えている。

表門に近付いていく足の運びは、酔っているかの如く覚束ない。

「何じゃ、おはん？」

「どっから湧いて出よったと」

六尺棒を手にした足軽が二人、語気も鋭く誰何した。

江戸勤番の藩士ではなく、重豪に仕える立場に相違ない。

「相すみやせんねぇ、お武家様がた。あんまり日差しが強くって、ちょいと目ぇ回しちまったんでございやすよ」

ふらつきながらも愛想笑いを浮かべ、十蔵は二人に訴えかけた。

「大木戸ん前まで来とって、何ばしよっとか」

「しっかりせんね」

十蔵に劣らぬ強面(こわもて)の足軽たちは、俄(にわ)か芝居を信じたらしい。

後は見抜かれる前に不意を衝き、動きを止めるのみである。

「勘弁してくんな」

告げると同時に十蔵は跳びかかり、背後から回した腕で一人を締め上げた。

間髪(かんはつ)を容れず襲いかかったのは壮平だ。

残る一人に浴びせたのは、大脇差の柄頭(つかがしら)による当て身。

刀身のみならず拵も堅牢(けんろう)な得物(えもの)を以て、一撃の下に失神させたのだ。

幸いにも、門前を行き交う者は居ない。

潜り戸から門の内に入り、気を失った二人の足軽を脇の詰所に押し込める。

危険を伴う突入は、重豪を総出で迎えた直後を狙ってのこと。

大御隠居様が無事に戻ったことに安心し、屋敷地内の見廻りは手薄だった。

この隙に、できるだけ多くを調べ上げるのだ。

狙うは重豪が惜しみなく私費を投じ、着工から半年足らずの寛政八年（一七九六）弥生に屋敷地内に完成させた隠居所の蓬山館。

のみならず、この屋敷地の全体像も把握しておきたかった。

大名の江戸屋敷の詳細は、余人に窺い知れないものである。

将軍の岳父が仕切る島津家とあれば尚のこと、子細が表に漏れる折は絶無。

限られた時間の中で間取りまで調べ上げるのは至難ながら、屋敷地内の建物の配置だけでも押さえておけば機を改め、夜陰に乗じて忍び込む役に立つ。

十蔵と壮平は二人して、広い屋敷地を調べて廻る。

同じ下屋敷でありながら、人吉藩のそれとは比べ物にならぬほど広かった。

焦りは募るが、急いてはなるまい。

動かぬ証拠を摑むのだ。

華のお江戸は将軍家の御膝元。

如何なる悪事も、見過ごすわけにはいかない。

たとえ相手が将軍の岳父であろうとも、手を引くわけにはいかぬのだ——。

「長生きはしてみるもんだなぁ、壮さん」

十蔵は苦笑交じりにつぶやいた。

「まさかこの歳になって大名に……それも島津の大殿に十手（じって）を向けることになるたぁ流石に俺も思わなかったぜ」

「右に同じだ」

「どうせなら下馬将軍に一泡吹かせてやろうじゃねぇか」

「その意気ぞ、八森」

「お奉行も性根を入れ替えなすったこったし、こっちも心を同じくしねぇとな」

「おぬしと私は、もとより左様ぞ」

「後は若様の首尾（しゅび）次第（しでぇ）、だな」

「利用するようで心苦しきことなれど、余人の言葉で影姫様は動いてくれまい」

「これが縁でくっついてくれりゃ、それも幸いってもんだろう」

「縁結び、ということか」

「いい考え（かんげ）だろ？」

「左様に思わば、少しは気も楽になるというものぞ」

「壮さんはともかく俺なんざ、柄（がら）じゃねぇ役回りだけどな」

「厳めしき恋神というのも味があろうぞ」

「へっ、ぞっとしねぇぜ」

苦笑を交わしながらも、二人の動きは止まらない。

老いても遠目が利くのを活かし、屋敷地内の各所の様子を頭に叩き込んでいくのであった。

三

「おうおう、よう眠っておるのう」

重豪は蓬山館の奥の座敷に横たわり、嬉しそうに目を細めていた。

傍らに二つ並べて敷いた座布団の上では、邦丸が寝息を立てている。

可愛い曾孫の午睡(ごすい)を見守りながらのまどろみは、この上なく心地よい。

「思えば遠くに参ったものぞ……」

規則正しい寝息を耳にしながら、重豪はひとりごちる。

島津の当主の座から退いて久しい重豪だが、薩摩七十七万石を統べる立場は老いても不動。

不出来と見なした息子の斉宣を無理やり隠居させ、孫の斉興を後釜に据えるも飽き足らず、未だ藩政を牛耳っている。

名目だけの当主となった斉興は参勤交代で薩摩に帰国しており、世に近思録崩れと言われる家中の内紛の責を負った斉宣は江戸に留め置かれ、御隠居様とは名ばかりの隠遁を依然として強いられていた。

老いてなお島津の頂点に君臨する重豪は大御隠居様と畏れられ、幼くして先々の見込みは十分と認めた邦丸を溺愛しながら、日々を勝手気儘に生きている。

隠居所を構えた高輪の地に因み、高輪下馬将軍という異名まで冠せられていた。

旗本はもとより大大名も登城の馬や駕籠を降り、以降は徒歩での移動を課せられた大手御門前の下馬札を意に介さず、御門の内まで乗り入れるのを認められたのは将軍の岳父——将軍の義理の父親であるが故。娘の茂姫を現将軍の家斉に嫁がせ、御台所とすることによって絶大な権力を握ったのだ。

将軍の正室である御台所は本来、京の宮家から迎えるのが習わしだ。

外様大名の娘にも拘わらず縁組が成立したのは、まだ家斉が一橋徳川の若君だった頃から婚約をしていたが故のこと。

先代将軍の家治が世子の家基を亡くし、代わりに家斉が養子に入る運びとなった際に立ち消えにされかけたのを重豪に押し切られ、家斉が十一代将軍職に就いた後、晴れて御輿入れに至った。体裁を整えるために五摂家筆頭の近衛家へ養女に入らせ、名を寔子と改めさせた上でのことだが、実の父親はあくまで外様大名。それも徳川と因縁深い島津家なのだ。

関が原の戦いで西軍に加わって敗北するまで徳川と敵対し、外様とされた大名家は少なくないが、島津はもとより別格。

寡兵を以て敵中を突破し、時の当主だった義弘を落ち延びさせたことで東軍に意地を示した退却戦『島津の退き口』で伝説を残したのみならず、元を正せば由緒正しい鎌倉幕府の御家人。しかも家祖の忠久は源頼朝の落胤だったとされており、武家源氏の血統として徳川に引けを取らない。

名門にして無類の強さを誇った島津家は、時代が下っても脅威の存在。

正面切っての対立は避けたいが、余力を蓄えさせるのも危うい。

故に本領の薩摩と大隅を安堵して九州の南に押し留め、江戸開府早々に攻め取った琉球国を実質的に支配することを黙認する一方、御手伝普請と称する土木工事を再三命じることにより、藩庫を空にさせようとしたものだ。

公費を賄うために再三再四の借金を強いられたのみならず、有為の家臣たちを死に至らしめさせられたのは度し難いが、将軍家との縁組が成ったことで怒りも失せた。

重豪の余生は充実していた。

異国への関心が深く、高価な書物や器物を手に入れる費えに糸目をつけぬことから蘭癖大名と揶揄されようとも気にならない。

「すう……すう……」

「ふふ」

邦丸の寝顔を前にしながら、重豪は目を閉じる。

眠りに落ちる薩摩の太守の耳に、異変を知らせる音は届いていなかった。

四

十蔵と壮平の行く手を阻んだのは、異なる二人の取り合わせだった。

一人は五十半ばの小柄な男。

痩せた体に単衣を纏い、薄地の羽織を重ねている。

袴の帯前に脇差を差し、刀は腰にしていなかった。

重豪お抱えの学者といった風体だが、漂い出る気迫は尋常ではない。

いま一人の男は二本差し。

相方の五十男より若く、背も高い。

六尺豊かな大男にして、筋骨隆々。

剽悍そのものの風体は、まさに薩摩の隼人である。

帯びた刀が、また長い。

刃長が三尺（約九〇センチ）に届かんとする、長大な一振りだ。

「……気を付けよ、八森」

端整な顔を強張らせた壮平が、声を潜めて告げてきた。

「相手が悪い。真っ向勝負をしては相ならぬ」

「正面切ってやりあったら、どうなるんだい」

「おぬしの体は左右に生き別れぞ」

「そいつぁ、ぞっとしねぇなぁ」

「あやつの流儀は野太刀流……薩摩の地に伝わりし、無二の剛剣に相違あるまい」

「片割れも侮っちゃなるめぇよ、壮さん」

どんぐり眼をしばたたかせて、十蔵は苦笑い。

「野郎は唐土渡りの拳法遣い……若様とやり合っても引けを取るめぇよ」

「……紛うことなき難物だな」

「となりゃ、打つ手は一つしかあるめぇ」

「左様だな」

血走る眼で視線を交わす。

対する二人が間合いを詰めてくる。

五十男が脱いだ羽織を地面に墜とした。

若い男が鯉口(こいぐち)を切って鞘を引き、長大な刀身を露わにした。

「三十六計……」

十蔵が唇を舐めた。

「逃げるに……」

壮平がつぶやいた。

「しかずだ！」

声を合わせて叫ぶなり、投じたのは三度笠。

「アッ！」

「チェーイ！」

同時に上がった気合いと共に、二人の笠が爆(は)ぜて散る。

一気に間合いを詰めた瞬間、思わぬ二の矢が襲い来た。

視界を遮ったのは、赤い粒子に黒い粒子。

海が凪ぐほど風が止んでいるのに乗じて狙いを定め、十蔵と壮平が吹き付けたのは捕物道具の目潰しだ。

唐辛子の粉に鉄粉を混ぜ、竹筒に仕込んだ目潰しの効果は絶大。

退却を余儀なくされた場合の切り札として、懐に忍ばせておいたのが功を奏した。

盗人や辻斬りの類いであれば、防ぐ間もなく無力と化していたであろう。

咄嗟に大きく飛び退ることで直撃を避けたのは、敵ながら天晴れなこと。

それでも微量の粉を被るのは防げなかった。

「擦るでない」

五十男は注意を与えつつ、目を閉じたまま足元を探る。

拾い上げた羽織の袖に腕を通し、井戸端に向かって歩き出す。

刀を納めた若い男も、憮然としたまま後に続く。

「あやつら、八丁堀だな……」

「町方の役人か？」

「七方出はなかなかのものなれど、忍びの術まで心得ておらぬようだ。そもそも斯様な奇策など、御公儀御庭番衆や諸藩の御耳役は心得ておるまい」

「町方風情の木っ端役人が、ふざけた真似を……」

「引導を渡すのは後にせい。早うに気付いたが不幸中の幸いぞ」

怒りが鎮まらぬ相方に説き聞かせつつ、五十男は足早に歩みを進める。

共に目を閉じたままでいながら、一度も足を取られることはなかった。

五

若様が八丁堀の組屋敷に着いた時、すでに日は沈みかけていた。

「おかえり、わかさま！」

「おかえりなさい！」

元気一杯に出迎えたのは八つか九つの男の子と、六つばかりの女の子。

揃いのおかっぱ頭は、いずれ髷を結うためのもの。

よく似た丸顔に笑みを浮かべ、簡素な木戸門の下に立っていた。

「はい、ただいま」

若様は細面を綻ばせ、二人の小さな手を取った。

男の子は太郎吉。女の子の名はおみよ。

寄る辺を失くしたのを若様が引き取り、世話をしている子どもたちだ。

手を引いて木戸門を潜った先には、こぢんまりとした玄関。

庭では二人の兄の新太が釣瓶を下ろし、せっせと水を汲み上げていた。

「ただいま戻りましたよ。ご苦労様」

「……お帰りなさい」

若様に向き直った新太は、ぼそりと一言。

井戸の縁に置いた釣瓶を抱え上げ、足元に置いた桶に水を注ぐ。

まだ十三とあって月代こそ剃っていないが、伸ばした髪はこよりで結っている。

新太は口数こそ少ないが感心するほどの働き者で、恩返しとばかりに毎日の家事をまめまめしく手伝う一方、未だ幼い弟と妹の面倒を見るのも怠らない。

元服させた後は奉公に出しても十分にやっていけるはずだが、外へ働きに出るのか否かは当人に任せたいと若様は考えていた。新太は太郎吉とおみよの兄にして、父親代わりでもあるからだ。

この三人きょうだいは昨年の年明けに猖獗を極めた流行り風邪で両親を失い、路頭に迷いかけた挙げ句に悪事に巻き込まれそうになったところを、若様に救われた。

悪事の手先にされそうになった新太の罪を免じ、若様が引き取ることができるように空きの出た組屋敷を与えてくれた、南町奉行の根岸肥前守鎮衛の力添えもあってのことである。

恩返しに労を惜しまず働いているのは、若様も同じこと。

今日はたまたま手が空いたところを田代新兵衛と静江の夫婦に招かれ、足を運んだ人吉藩下屋敷で思わぬ次第と相成ったが、明日は御役目が待っている。

鎮衛から受けた恩義を仇で返すことなく、せめて任を全うしなければ――。

「よぉ、若様」

玄関の敷居を越えようとした若様は、背後から声をかけられた。

「十蔵さん、ですか？」

「久しぶりだったなぁ」

木戸門の向こうに立っていたのは六十過ぎの、厳めしい面構えをした廻方同心。

茶色の染めが渋い黄八丈の着流しに黒紋付を重ね、黒鞘の刀と脇差の二本差し。

この同心の名前は八森十蔵。同役で一つ上の和田壮平と二人して『北町の爺様』と異名を取る、北町奉行所の古株である。

いつになく疲れた様子でありながら、どんぐり眼の輝きは力強いものであった。

六

若様は十蔵に伴われ、夕日の下を歩いていた。

「すまねぇなぁ若様。帰ったばかりのとこを連れ出しちまってよ」

「お気になさるには及びません。北のお奉行からご直々(じきじき)に、お話があるのでございましょう？」

「面目次第もねぇこったが、お前さんに力添えをしてもらわにゃ埒(らち)が明きそうにねぇ事件(こと)があるんだよ」

「お気兼ねは無用です。北のお奉行からお求めあらばご助勢つかまつるようにと、南(こちら)のお奉行は常々仰せにございます故」

「かっちけねぇ。後でよろしく申し上げてくんな」

若様と肩を並べて歩きながら、十蔵は強面を綻ばせた。

十蔵は面構えに劣らず体つきも厳めしく、生まれ育った秩父(ちちぶ)の奥山で鍛えた足腰は老いても頑丈。少年の頃から岩登りを得意にしていたとの話に違わず、着衣越しにも手足の太さが見て取れる。

「それにしても、お前さんとこの子どもらは感心だなぁ」

暮れなずむ空の下、十蔵が何げなく口を開いた。

「上の子が働きもんなのは俺も承知していたけどよ、下のちびたちもここんとこ行儀がよくなったそうだぜ」

「まことですか？」

「俺ぁ世辞なんざ言わねぇよ。北の小栗鼠から聞いたこったい」

「定廻の田山様のことですね」

「あいつの従妹が組屋敷に間借りして、算学の指南所を構えてるだろ」

「おかげさまで助かっておりますよ。私はもとより沢井さんと平田さんも、昼日中は出払っておりますます故……」

「算学に限らず漢籍の指南も達者な上に、小せぇ子にはいろはから教えてくれるって評判になってるからなぁ」

「百香先生の行き届いたご指導には、謝して余りありまする」

「それを聞いたら小栗鼠も鼻が高かろうぜ」

「十蔵さんこそ朝も早うから、毎日ご苦労なことですね」

「お褒めに与るにゃ及ばねぇやな。俺ぐれぇの年になりゃ、夜が明ける前から勝手に目が覚めちまうんだよ」

「それは私も同じです。己が来し方を未だ思い出せぬと申すに、解せぬことでございまするが……」

「何も気に病むこたぁねぇやな。お前さんのおかげで早起きが身に付いたって、沢井と平田も有難がってたぜ」

厳つい顔を綻ばせる十蔵は、白髪の目立つ頭を小銀杏(こいちょう)に結っていた。

黄八丈の着流しに重ねた黒紋付の裾を内に巻き、献上博多(けんじょうはかた)の角帯を締めた腰の後ろに挟んでいるのは巻羽織(ばおり)。南北の町奉行の配下に属し、事件の捜査に専従(せんじゅう)する廻方の同心たちに特有の着こなしであった。

七

北町奉行所は、千代田の御城を護る呉服橋御門の内に在る。

同じく数寄屋橋の御門内に設けられたのが、南町奉行所だ。

二人制で華のお江戸の司法と行政を預る町奉行には、与力と同心が付いている。

もとより家中の士ではなく、役儀の上で使役(しえき)するのみの配下たちだ。

二百石取りの与力は旗本に、三十俵二人扶持の同心は御家人にそれぞれ準じた身分とされており、南北の奉行所に出仕が至便な八丁堀の組屋敷で暮らす。

彼らを束ねる町奉行が起き伏しするのは、奉行所に併設された役宅。

永田備後守正道は役宅奥の私室に腰を据え、若様が訪れるのを待っていた。

「よう来てくれたの」

「失礼をつかまつりまする」

若様は敷居際に膝を揃えると、折り目正しく頭を下げた。

行燈（あんどん）の明かりに照らされて、坊主頭が光り輝く。

汗染みてはいなかった。

人吉藩下屋敷で静江との立ち合いを終えた後、柚香が自ら手桶に汲んできてくれた湯を遣い、体を拭いておいたのだ。

若様は膝立ちになって敷居を越え、正道の前に進み出る。

行燈が灯された部屋の下座に、白髪頭の同心が控えていた。

細面で目鼻立ちが整っており、老いても美男と呼ぶに相応しい。

「御役目ご苦労様にございまする」

「痛み入る」

言葉少なに答えたのは和田壮平。

十蔵と共に『北町の爺様』と呼ばれる、老練の隠密廻である。

若様が腰を落ち着けたのを見届けて、正道が口を開いた。

「おぬしに折り入って頼みがある……肥前守殿もご承知置きじゃ」

「謹んで承りまする」

「かたじけない」

謝意を述べる正道は、脇息を用いていない。

相手が格下でも接する際には、座した後ろに置くのが武家の作法だ。以前の正道は肘を突いたままで通すのが常であったが、変われば変わるものである。

「頼みと申すは、咎人の面体を検むることぞ」

「首実検、でございまするか？」

「左様」

「私の存じておる者でしょうか」

「いや、おぬしと面識はあるまいよ」

「されば何故、私に」

戸惑いを隠せずにいる若様に、正道は続けて言った。

「相良の影姫ならば、存じておるに相違ない」

「されば、柚香殿に……」

「相良侯に角が立たぬよう、おぬしに口利きを願いたいのだ」

「……………」

口を閉ざした若様に、十蔵が語りかけた。

「こいつぁ俺と壮さんから、お奉行に願い出たことなんだよ」

「十蔵さん」

「まぁ、話を頭っから聞いてくんな」

硬い表情の若様に向かって告げる、十蔵の口調は伝法ながらも真剣なもの。

横に座した壮平も無言のまま、真摯な眼差しを向けていた。

八

十蔵は黒船屋とカラン糖について先に話をした上で、若様に向かって問いかけた。

「お前さん、砂糖に二つの種類があるのを知ってるかい」

「……白砂糖と黒砂糖、ですか」

「何から採れるのか分かるかい」

「しかとは存じませぬ」

「どっちも黍だよ」

「黍?」

「と言っても飯の嵩(かさ)を増やすのに混ぜる、雑穀なんぞのことじゃねぇぜ。糖黍って種(の)があるんだよ」

「糖黍、ですか」

「源内のじじいが言ってたこったがな、折った茎(くき)を齧っても甘(あめ)えそうだ」

「子どもが喜びそうですね……」

「その搾り汁を干して固めたのが黒砂糖で、漉したり熱したりと手間ぁかけて調えたのが白砂糖さね」

「琉球国の島々にて産するのだ」

十蔵に代わって壮平が口を開いた。

「昨今は高松辺りでも実りが増えたが根付かせるのが難しい故、依然として大半を占めておるのは島津侯の藩領だ。公(おおやけ)には明かせぬことだが薩摩の本領のみならず、琉球も掌中に収めておる故な」

「……そのことならば仄聞しております」

「存じておったのならば、言葉を濁すには及ばぬな」

　壮平は続けて若様に説き聞かせた。

「糖黍は琉球の本島に集められ、船で薩摩に送られる。それを島津は大坂に運ばせて売り捌き、巨万の利を得ておるのだ。苦しい内証を補うためとあって値付けは強気である故、黒砂糖とて安う仕入れるのは難しかろうぞ。申すに及ばず蔵屋敷の見張りは厳重なれば、鼠賊が忍び込んで持ち出すことも叶うまい」

「されば、黒船屋は」

「海の上にて奪うたに相違ない」

「大名の御用船は、陸に劣らず見張りが厳しいはずです」

「抜け荷ともなれば、話は別ぞ」

「抜け荷？」

「島津の役人が荷を抜き取りて密かに運ばせ、私腹を肥やすための裏稼ぎぞ」

「尚武の気風で知られる島津のご家中にも、左様な不心得者が」

「私と八森が調べた限り、どうやら江戸にも居るようだ」

「何と……」

「カラン糖に形を変えてのこととは申せ、江戸屋敷から奪うたものを市中で売り捌くほど、黒船屋の者どもの肝は太くはあるまい」

「海の上にて奪ったにしても、江戸前の海には非ずということですね」

「九州の外海と見なすが妥当であろう」

「故にそやつらの面体を、柚香殿に検めてもらおうと……」

「左様な次第じゃ、若様」

話を締め括ったのは正道だった。

「町方御用に仮とは申せど大名家の姫君を巻き込むなど、本来ならば許されぬことと承知しておる。したが相手が島津となれば身共も正面切っては太刀打ちし難く、八森と和田を以てしても探るは至難じゃ。かくなる上は黒船屋を召し捕りて、島津の大殿に釘を刺すより他にないと思い至ったのじゃ」

「されば、本命は島津の大殿なのですか」

「左様。江戸屋敷が海と繋がっておるのを幸いに、かねてより抜け荷に及びし嫌疑があるのだ。大御隠居様ともあろうお方がの」

「……………」

「畏れ多くも上様の岳父にあらせられては大目付でも手は出せぬ。とは申せ、悪しき所業は見過ごせまい」

「そのために、柚香殿のご助勢が必要なのですね」

「頼む」

正道は若様に向かって頭を下げた。

十蔵と壮平も黙って後に続く。

「…………」

若様は困惑を覚えながらも得心していた。

先頃まで柚香が率いていた相良忍群は肥後人吉藩主の相良家に仕える一方、幕府のために働く立場。

その半数が江戸で御庭番衆の監視役を、残る半数が九州で抜け荷の摘発を御役目とすることは、若様も明かされていた。

取り締まりの対象は九州沿岸の諸大名だが、無頼の海賊も討伐の対象だ。

相良家の姫君でありながら隠し子として育ち、忍群を束ねる頭領に据えられた柚香は江戸に出てくる以前、肥後の天草(あまくさ)で抜け荷摘発の任に就いていたという。

その時分に討伐された海賊一味の頭が江戸に現れ、柚香を攫(さら)ったこともある。

救出したのは若様だ。

こたびの相手の黒船屋も、海賊あがりとすれば油断は禁物。

再び柚香を危険に巻き込みたくはない。

とはいえ天下の御定法を蔑ろにした、悪しき行いは見過ごせまい。

そして志を同じくするに至った北町奉行と、二人の同心を放ってはおけない――。

「頭を上げてください」

若様は静かに呼びかけた。

最初に顔を見せたのは十蔵だ。

礼を失する行いを咎めることなく、次に正道が若様を見る。

後に続いた壮平も、ひたと視線を向けていた。

「明日の日中は南の御用がございますれば、午後に赤坂田町へ参ります」

「それじゃ、影姫様に話をしてくれるのかい？」

十蔵が勢い込んで問いかける。

対する若様は、あくまで冷静。

続く答えも慎重に、言葉を選んだものだった。

「お断りされた時はご容赦ください……その時も私だけは及ばずながらご助勢つかまつります故、よしなにお頼み申しまする」

九

一夜が明けて、今日から長月。

長月の朔日は、秋から冬にかけての衣替えの始まりだ。

前の日まで単衣で過ごしていたのが裏地を付けた袷となり、九日から保温のための綿を表地との間に詰める。

しかし、夏の暑さはすぐには失せぬものである。

打ち続く文化九年の残暑は南町奉行の根岸肥前守鎮衛によって見出され、将軍家の御膝元たる華のお江戸の安寧を密かに守る、影の御役目に就いた若き番外同心たちにとっても些か辛いものであった。


「いつまでも暑いなぁ」

今日も明るく晴れた空を仰ぎ見て、沢井俊平は顔を顰めた。

ぎょろ目を転じた先にそびえ立つのは、湯島聖堂の大成殿。

棟瓦の両端に置かれた鯱が、降り注ぐ日差しに煌めく。

俊平は仲間の二人と共に、上野から戻り来た帰り道。池之端から上野広小路を経て神田川に架かる昌平橋の北詰めに着いたところだ。

「あー、いい心持ちだぜ……」

川面を渡り来た風を受け、俊平は心地よさげにつぶやいた。

月代の毛を伸びるに任せ、えらの張った顎には無精髭。

体つきは頑健で手足も太く、腰がどっしりと据わっている。

相も変わらず墨染めが日に焼けて羊羹色になった着物に袴を穿き、鞘の塗りが半ば剝げた大小の二刀はだらしのない落とし差し。家督を継げぬ部屋住みに付き物の退屈を持て余し、喧嘩三昧で過ごしていた頃と変わらぬ身なりである。

「衣替えをしたばっかりなのに裏地がべたついちまっていけねぇ。お天道様も容赦がねぇやな」

「これ沢井、罰当たりなことを申すでない」

ぼやく俊平に釘を刺したのは、朋輩の平田健作。

同い年の俊平とは隣同士で育った身ながら、口調ばかりか立ち居振る舞いも折り目正しい美男子だ。

体つきは痩せていて脚が長く、今日から袷になった黒地の着物と袴が映える。

無精な俊平と違って日髪日剃を心がける一方、めかしこんで出かける日には髭のみを剃り、月代は見栄えが一番良いとされる二日目の態に仕立てるのが常だった。

若様と寝食を共にして二年目の俊平と健作は、揃って当年二十七。

俊平の武家らしからぬ言葉遣いは、無役の御家人の屋敷が多い本所割下水で生まれ育ち、部屋住みの無聊に任せて喧嘩三昧で過ごしてきたが故のものであるが、幼馴染みの健作は隣同士で育った身ながら、口調も立ち居振る舞いも実に折り目正しい。女にだらしない一面はあるものの、総じて真面目な質であった。

「おぬしは何につけても考えが足りぬのだ。日の恵みが無うては米は実らず、酒を仕込むことも叶わぬのだぞ?」

「米の出来なら心配するには及ばねぇだろ。今年は豊作になったこったし」

「さもあろう。東北の米どころは概ね無事であった故な」

「代わりにお江戸の周りじゃ出水が続いて、大変だったけどなぁ」

「その節は難儀をさせられたが、大事に至らず何よりぞ」

眼下の川面に目を向けて、ふっと健作は微笑んだ。

武蔵野の大地に湧き出ずる井の頭池と繋がる神田川は華のお江戸の暮らしを支える運河の一つにして、江戸名物の神田上水の源。今年の夏は長雨による増水で関八州の各地で決壊が頻発し、大川や神田川をはじめとする市中の河川も水嵩を増して市中の民の心胆を寒からしめたが、目立った被害は生じていない。

「ところで若様はどうしたんだい」

「見てのとおりぞ」

俊平の問いかけられた健作は、笑顔で視線を巡らせる。

若様は神田川の畔に立ち、眼下を泳ぐ水鳥たちを見守っていた。

「若様は何をしておっても品が良いな」

「全くだぜ」

健作に釣られて俊平も微笑んだ。

若様は俊平よりも細身だが、健作ほど痩せてはいない。

着ている筒袖と野袴は、人吉藩下屋敷に足を運んだ昨日と同じく茶染め。

常の如く刀は腰にしておらず、帯前に刃長の短い小脇差を一振りのみ。剃り上げた坊主頭を陽光に輝かせ、二人に向ける笑顔はいつもと変わらず明るい。

微笑ましい様を遠目に見守りながら、俊平と健作は言葉を交わした。

「衣替えをしても若隠居みてぇな形はそのまんまってのはどうかねぇ」

「周りの女子たちは洒落た召し物を盛んに勧めておるが、当の若様にその気が無うては話になるまい」

「お陽が夏に紬の単衣羽織を持って来てたよな」

「うむ。撰糸絹の小紋だ」

「しかも染めは南北ん家に頼んだんだろ」

「ああ、新乗物町の海老屋だな」

「南北も時々手伝ってるそうだ。天下一の芝居の作者が染めたのかもしれねぇ羽織に袖を通しもせずに突っ返すたぁ、勿体ねぇことをするもんだぜ」

「若様は左様な無礼はせぬぞ。分に過ぎると言うて丁重に固辞していたではないか」

「そいつぁ知ってるけどよぉ、どう考えても惜しいだろ？」

「おぬし、まだお陽殿を諦めておらぬのか」

「俺なら後生大事にするんだけどなぁ」

「いい加減にせい。おぬしにもはや脈はないのだぞ」

「はっきり言うなよ……」

そんな二人のやり取りをよそに、若様は川面を眺めやる。

細身に仕立てられた野袴の裾は、風が吹きつけても乱れることがない。

袴を常着とするのは大小の二本差しと同じく武士の証しだが、若様が愛用の野袴や軽衫のように裾を絞った形のものは、現役を退いた隠居が好んで用いる。

帯刀についても同様で、禄を離れた浪人は食うに困って脇差を売り払い、刀だけの一本差しで押し通すのが常である。

老いて致仕した隠居の場合は重さが体に堪える刀を帯びず、脇差のみを腰にする者が多かった。

若様は頭の毛を余さず剃り落としているところも隠居めいていたが、坊主頭が板についており、青々とした首筋が肌の張りと相まって若々しい。

この青年が着の身着のままで華のお江戸に初めて姿を見せたのは、一昨年の霜月のことである。

装いは禅宗の僧侶のもので、しかも傷み切っていた。長旅の末に、ようやっと辿り着いたが故だったのであろう。

永代橋下の大川端で半死半生になっていた若様を介抱して蘇生させ、寄る辺のない身柄を引き取ったのが、最寄りの深川佐賀町で三代に亘って干鰯問屋を営む銚子屋門左衛門と一人娘のお陽。

周りから『若様』という愛称で呼ばれるようになったのは、恩返しに銚子屋の商いの手伝いと家作の長屋の木戸番を始めた後のことだ。

過去の記憶を失った若様は、親がつけてくれたはずの名前まで忘れていながら読み書きが達者な上に禅宗の難しい経を諳んじ、達磨大師が仏の教えと共に印度から唐土の少林寺へ伝えたとされる格闘術の技まで会得している。武装した敵が数に任せて攻めかかっても寄せ付けぬ技量が一朝一夕で身に付くはずはなく、厳しい修行を積んだ身なのは明らかだ。

手練でありながら気性は穏やかで品が良く、子どもに優しい。

誰からともなく『若様』と呼ばれる青年が南町奉行の鎮衛に見出され、番外同心となったのは昨年の夏。

お陽に横恋慕をして若様に喧嘩を売っては返り討ちにされ続け、余りの強さに感心するに至った俊平と、幼馴染みの俊平を放っておけない健作も共に見込まれてのことだった。

「思い返せば早えもんだな。らしくねぇことを始めて一年が過ぎちまったい」

「おぬしでも左様なことを思うのか？」

「当たり前だろ。俺をどこまで考えなしだと思ってんだい」

真顔で呆れる健作に、俊平は苦笑を禁じ得ない。

南の名奉行に見込まれた三人が人知れず担うのは、御法の裁きを巧みに逃れた咎人どもを炙り出し、外道と見極めた後は速やかに召し捕ること。

いざ捕物となった時は、鎮衛が選んだ目付役と共に出張る。

召し捕ったのは目付役を申し付けられた内与力の田村譲之助、あるいは番方若同心の関根耕平と梶野五郎太とされるため、若様たちが悪党をどれほど打ち倒しても手柄は公にならない。

あくまで影の働きにして報酬も少なく、同心一人の俸禄である三十俵二人扶持を山分けするため年に十俵。金に換えれば三両に満たなかった。

無欲な若様はともかくとして、素行が悪い本所の若い御家人の中でも札付きだった俊平と健作には、耐え難いことだろう。

しかし、始めてみれば鎮衛の見込みは大当たり。

若様は記憶こそ失っていても眼力鋭く、健作は貧乏御家人ながら学問に秀でた父親譲りの頭が冴える。勉学が苦手な俊平も事件を嗅ぎつける勘働きは侮れず、手懐けた本所の悪童たちを手足の如く使役しての探索も得意で、共に労を惜しまない。

そんな三人が揃って出張ったのは、正規の役人では手を出し難い相手の尾行。

「黒崎士郎か……見た目に違わず、くそ生意気な野郎だぜ」

「おぬしも似たようなものだぞ、沢井」

「どこが同じだってんだい？」

「分からぬのならば鏡を見よ」

「へっ、どうせなら懐具合のいいとこにあやかりてぇやな」

「それは私も同感だな」

俊平のぼやきに応じた健作が、苦笑交じりにつぶやいた。

三人がかりで調べているのは、さる若い旗本の行状だ。

相手は俊平や健作と同様の部屋住みながら、六百石取りの旗本の子息。

父親の黒崎内記(ないき)は大番組(おおばんぐみ)で組頭を務める身。将軍家の直臣なのは同じでも、無役の御家人とは格が違う。

その黒崎家の士郎という次男坊に、辻斬りに手を染めた疑いが生じたのだ。

きっかけは、俊平が行きつけの刀屋で摑んだ情報。

士郎は当節の若い旗本には珍しく、重ねが厚く重い刀を好むという。

軽いが故に帯びていても負担にならない今出来(いまでき)の新刀(しんとう)には見向きもせず、江戸開府以前に作られた古刀(ことう)にしか関心を抱かぬ質なのだ。

鎌倉から南北朝の昔に名だたる刀工の手がけた太刀の代価は天井知らずだが、室町(むろまち)以降の時代に量産された数打ち物の刀は値も手頃。それに複数の刀工が交代で鍛えた中には、稀なる良作が交じっている時もある。

俊平が折あらば刀屋に立ち寄るのも、掘り出し物に出会える幸運を期するが故だ。

そんな俊平と同じことをしていたのが黒崎士郎。

出来が良いのを先に見つけては、即金で買っていく。

御家人より格上の旗本とはいえ、六百石取りでは内証も楽ではない。

まして部屋住みの次男坊では手元不如意のはずだが、妙に金払いが良いらしい。

懐の寂しい俊平には無理なことである。

腹を立てていたところで目にしたのが、再び売りに出された一振り。

刀屋から訊き出した話によると士郎の父親が手放した、伝来の鑓や甲冑(かっちゅう)に交じっていたとのことだった。

当の士郎も知らない間に売り払われた一振りの刀身に俊平が見出したのは、骨まで断ったと分かる傷。

血脂が拭い去られていても、人を斬ったのは明白だった。

俊平は鎮衛へ報告に及び、御様(おためし)御用首斬り役の山田(やまだ)家が試刀を依頼されたわけでもないと調べを付けた上で、士郎に辻斬りの嫌疑を掛けるに至った。

尾行を始めて、今日で三日目。

初日は俊平が独りで出向き、二日目は若様も合流。

そして今日は健作も加わり、屋敷を出るのを待ち受けて付け回したものの、士郎が悪事に及ぶ気配はない。明らかになったのは上野池之端の出合茶屋に張り込んで目の当たりにした、密会の相手の存在だけであった。

「まさか札差の次男坊と出来てるたぁ、思いもよらなかったぜ」

「それも今を時めく、備中屋の次男坊ぞ」

「あの与次郎って色男が刀代を融通していたのだろうよ。備中屋は金主に頼らずとも商いが成り立つぐれぇ貯め込んでいるらしいしな」

「そのことならば私も耳にした。げに羽振りの良きことだ」

「この春に御蔵奉行が五千石を払い下げた時も難儀する店が多かったのに、備中屋は難なく割り当てをこなしたそうだぜ」

「それは商売敵の備前屋も同じであろう」

「ああ、評判の小町娘が居るんだろ」

「そのとおりだが、備中屋と張り合うておることを先に申さぬか」

「蔵前界隈で聞いた話じゃ、千冬って小町娘は若え旗本といい仲らしいぜ」

「白根和真だな」

「お前もよく知ってるなぁ」

「さもあろう。白根家と申さば代々四千石、足高を含めて五千石取りぞ」

「つまりは仕官の口を求めて足を運ぶ、部屋住みの連中が多いってことかい？」

「そういうことぞ。我らの朋輩にも一人ならず居るはずだ」

「和真の親父さんの御役目は何なんだい」

「白根左京殿は大番頭だ」

「するってぇと黒崎の親父の上役かい。俺たちじゃ足元にも寄れねぇやな……」

「しっかりせい。我らが相手は六百石ぞ」

「そうだよなぁ。和真が悪じゃなくて良かったぜ」

気を取り直した相棒に、健作は無言で頷き返す。

こちらはもとより臆していない。

御大身や分限者を表立って相手取るのは難事だが、裏に廻れば打つ手も有る。

粘り強く張り付いて、悪事の動かぬ証しを摑むのだ――。

十

いつまでも油を売ってはいられない。

「おーい若様、そろそろ行こうぜ」

俊平に呼ばれた若様と合流し、三人は歩き出す。

「お前さん、まだ髪を伸ばす気にならねぇのかい」

俊平が汗を払いながら若様に問いかけた。

手の甲で文字どおりに払って落とし、手ぬぐいを用いようとしないのは無精をしてのことではなく、荒事の現場で身に付いた習慣だ。

「目を覚まして早々に剃ってしまわねば、どうにも落ち着かぬのです」

「そうだよな。俺たちが顔を洗う頃にゃ、いっつも済ませちまってるもんなぁ」

「何処にて習い覚えたことなのか、相も変わらず思い出せぬのですが……」

答える若様は困惑ぎみ。

色の白い細面は翳(かげ)りを帯び、持ち前の快活な雰囲気を曇らせていた。

「やっぱり、お前さんは寺に預けられて育った身に違いねぇや」

「習い性というものであろうが、思い悩むには及ばぬぞ」

得心した様子の俊平に続き、健作が真面目な顔で口を挟んだ。

「未だ物心もつかぬ身を大人の都合で勝手にされたと思えば腹も立とうが、万事は故あってのことのはず。昔は昔と割り切りて、今のおぬしが望みし道を歩めばよい。髪を剃るも伸ばすも好きにいたせよ」

「そういうこったな、若様」

俊平が笑顔で言い添えた。

「お前さんにゃ結構な家から婿入り話が二つも舞い込んでるんだぜ。男ぶりは申し分ねぇこったし、髷を結ったら錦上花を添えるってことになるだろうよ」

「これ沢井、左様に急かすな」

傍目には、役人とは思えぬ三人であった。

町奉行の正規の配下である同心は一番組から五番組に配属されるが、鎮衛が私的に抱える若様と俊平、健作の三人はいずれの組にも属さぬ番外だ。

正規の役人には非ざる身であるため、公に御縄を打つことは許されない。

捕物となれば鎮衛の選んだ目付役が同行するわけだが、今日は尾行のみとあって誰も随伴していない。

行く手に両国橋が見えてきた。

大川に架かる両国橋の西詰は、世に云う両国広小路。

華のお江戸で指折りの盛り場は、今日も大いに賑わっていた。

「あっ、わかさまだ！」

「わかさまー」

通りの向こうから呼びかけてくる声が聞こえた。

三人が視線を巡らせた先には見世物小屋。

黄色い声を上げたのは軽業の一座で人気の少女芸人たちだ。

「おっ、小桜太夫んとこのちびどもだぜ」

「小梅も小桃も、変わらず愛想が良いな」

「あんなにお愛想を振りまくなぁ、若様に出っくわした時ぐらいさね。贔屓の客でも気に入らなけりゃ、にこりともしねぇんだぜ」

一声もかけられなかった俊平と健作は苦笑を交わす。

若様は面映ゆいばかりだった。

「返して！　返しておくれ‼」

明るい雰囲気を破ったのは、切迫した女の悲鳴。

白髪頭の老婆である。

すれ違いざまに巾着(きんちゃく)をひったくられたのだ。

突き飛ばされた弾みで腰を打ち、起き上がるのもままならない。

「誰が返すもんかい。寝言は寝てから言いやがれ」

せせら笑ったのは、着流し姿の若い男。

奪った巾着の口を広げ、中から掴み取ったのは四本の九六銭(くろくぜに)。

文字どおり九十六枚の一文銭を専用のこよりに通すと百文の扱いとされ、一本だけでも持ち重りがする。細腕の老婆にとっては尚のことだろう。手に余るのを故あって持ち歩き、小悪党に目を付けられたのだ。

九六銭は四本集めると四百文、すなわち金一朱となる。

一両小判の十六分の一とはいえ、庶民にとっては大金だ。

腕に覚えの掏摸(すり)は最初から狙いも付けまいが、昨今は数をこなして荒稼ぎする輩(やから)が増えている。出合い頭の暴挙に及んだ若い男も、そんな類いの小悪党であった。

「あばよ」

捨て台詞(ぜりふ)を残して走り去ろうとした瞬間、どっと男は倒れ込む。

打ち倒したのは若様だ。

悲鳴を耳にして駆け付けざま、浴びせたのは回し蹴り。半円を描いて放った足蹴に脇腹の急所を一撃され、すでに気を失っていた。

俊平と健作も追いついたところであった。

「ざまぁみろ。好きなだけ寝言をほざきやがれい」

「今月から南の月番であったな。定廻の同心に釘を刺しておかねばなるまい……」

せせら笑いながら引きずり起こす俊平の傍らで、健作は眉を顰める。市中の見廻りが行き届いていないことに呆れながらも老婆を抱き起こし、取り返した九六銭を返してやるのは忘れない。

「すまないねぇ、ご浪人さま」

「良き日和に災難であったな。気を付けて参られよ」

謝意を述べる老婆に笑顔で応じ、そっと巾着を握らせる。これでも将軍家の御直参だと言い訳をすることもない。

俊平は最寄りの自身番屋に小悪党を担ぎ込み、身柄を引き渡していた。

交代で詰めている番人は、この界隈の男衆。

「お手柄でござんしたねぇ、沢井さん」

「近頃はとんとお見かけしやせんでしたが、軽業一座の用心棒はお役御免ですかい」

親しげに語りかける二人の番人は俊平の素性を承知らしいが、流石に南町奉行所の番外同心とは分かるまい。知られていたのは本所の貧乏御家人、それも家督を継げぬ部屋住みとして無聊を持て余す身であった頃のことまでだった。

「へっ。俺だって、いつまでも暇な体じゃねぇやな」

俊平は強面に笑みを浮かべながらも油断をしていない。

捕らえた小悪党から手を離したのは番人の一人が縄を打ち、胴周りに巡らせた上で端を潜(くぐ)らせた後のこと。きっちりと咎人を縛り上げる本縄は同心でなければ打つのを許されず、あくまで仮の縄だが、しばし動きを封じておくことはできる。

「誰ぞ数寄屋橋までひとっ走りして、手すきの同心を呼んできな」

「へいっ」

俊平に促され、いま一人の番人が走り出す。

「沢井さん、若いのを顎で使わないでもらえますか」

後に残った中年の書役(かきやく)が、説教めいた口調で言った。

「お武家に向かって無礼と承知で申し上げますが、いつまでもお若いままでは居られませんよ。先々のことを少しはお考えなさいまし」

「相変わらずだなぁ、とっつあん」

番外同心は文字どおり、正規の役人ではない。

俊平と健作は貧乏御家人の部屋住みで、両国橋を渡った先の本所界隈で名前を知られた暴れん坊。

そして若様は記憶を失い、実の名前さえ未だ思い出せずにいる身の上だ。

この三人に南の名奉行が密かに禄米を与えて組屋敷に住まわせ、配下の同心たちの行き届かない事件の探索を任せているとは誰も思うまい。

若様の蹴りが急所を狙った一撃であることも、見抜けはしなかった。

しかし、通りの向こうに居合わせた男は違う。

年の頃は五十半ば。痩身に羽織袴を纏い、脇差を帯前に差している。

高輪御殿で十蔵と壮平を退散させた二人組の片割れだ。

「……若いと申すに、尋常ならざる手練だの」

低くつぶやく五十男の名前は曾占春(そうせんしゅん)。

言葉遣いに澱(よど)みはなく、装いも日の本の学者そのものだが祖国は唐土。滅亡した明王朝から日の本に逃れた一族の末裔(まつえい)で、医術に加えて本草学に通暁した占春は重豪の側近くに仕えて今年で十五年、侍医(じい)と記室(きしつ)——秘書を兼ねる立場として、信頼の篤(あつ)い身であった。

その存在に気づかぬまま、俊平と健作に後を任せた若様は先を急ぐ。

神田の雑踏を通り抜け、赴く先は赤坂田町。

柚香に事を頼む前に、静江を如何にして説き伏せるか。

思案を巡らせるのに気を取られ、鋭い眼差しを向ける相手に気付くことができずにいた。

第三章　影姫様と共に

一

静江は己が耳を疑った。

「……もう一遍、言うてくんしゃい」

震える声で若様に向かって問いかける。

「柚香殿に、伏してご助勢を願い上げたく存じまする」

「島津ば相手に、危なか真似をさせよっと……？」

わななく老女に向かって若様はいま一度、深々と頭を下げた。

「静江」

割って入った一声は、同席していた柚香。

「姫様っ」

「控えよ」

傍らで絶句していた新兵衛が我に返り、止めに入るのも許さない。

狼狽する田代夫婦に構うことなく、柚香は若様に躙(にじ)り寄る。

「お引き受けするたい、若様」

「よろしいのですか」

「そん代わり、二つ条件があっと」

「条件？」

「反故(ほご)にすっとは許さんとよ」

いたずらっぽく微笑むと、柚香は思わぬことを告げてきた。

二

明くる日も朝から秋晴れであった。

「いってらっしゃい、わかさま」

「いってらっしゃーい‼」

今朝も元気一杯な太郎吉とおみよに見送られ、若様は組屋敷を後にした。

俊平と健作も一緒である。

「男っぷりが上がったなぁ、若様」

先に木戸門を潜った俊平が、満面の笑みを浮かべながら告げてくる。

「………」

無言で後に続く若様は、重ねの厚い雪駄（せった）を突っかけていた。

日頃は草履（ぞうり）か下駄（げた）を愛用しており、値の張る雪駄など履いた覚えがない。

装いも常ならぬものである。

いつもの木綿の筒袖の代わりに纏っていたのは黒紬（くろつむぎ）の小袖。衣替えで今日から裏地付きの袷となった一着は大店（おおだな）勤めの奉公人では番頭、それも年季の入った者にしか許されない、木綿物で最も上等なお仕着せであった。

日頃は無縁の上物を着込んだ若様は野袴（のばかま）を略し、小脇差も帯びてはいない。細身に仕立てられた野袴は士分に限らず着用に及んでも差し支えなく、脇差のみの一本差しが咎められることはなかったが、今の若様は完全な町人態だ。

「へっ、何も照れるこたぁあるめぇ」

常ならぬ姿の若様を前にして、俊平が変わらぬ笑顔で言った。

「沢井が申すとおりぞ若様。男ぶりが上がったものだ」

傍らに立つ健作も、端整な顔を綻ばせている。

「平田さんまで、ご冗談はお止めください……」

「もとより冗談など言うてはおらぬ。三国一の花婿と申しても過言ではあるまいよ」

堪らず若様が抗議をしても、健作は黙らない。

端整な顔を引き締め、真摯な面持ちとなっていた。

「急ぎますよ。大事な御役目が待っておりますので」

若様は答えを返すことなく、先に立って歩き出す。

頭の上で黒々とした髷が揺れていた。

町人の本多髷を模したかつらは毎朝欠かさず髪を剃り、丸坊主にするのが常の若様の頭に合わせたものだ。

「見なよ平田、まるで本物みたいじゃねぇか」

「さもあろう。正真（しょうしん）の髪を用いておるそうだ」

俊平と健作は後に続いて歩きながら、声を潜めて言葉を交わす。

「流石はお波（なみ）、大した腕前だぜ」

「あれほどの出来ならば、用心深い悪党の目を欺（あざむ）くも容易（たやす）かろう」

「くれぐれもそう願いてぇもんだな。若様の身に万が一のことがあったらいけねぇ」

「思うところは同じだな」

「当たり前だろ。俺だって棚ボタじゃ沽券に関わるってもんだぜ」

「鼻息が荒いのは結構だが、お陽殿が袖にされるとは限るまいよ」

「そいつぁ、お波だって同じだろ？」

「左様だな……」

「相良の姫様は若様を首尾(しゅび)よく虜にできるかねぇ」

「あの押しの強さには、他のおなごたちでは打ち勝てまい」

「太刀筋と同じだって言いてぇのかい」

「左様と申さば語弊もあろうが、他に類を見ぬほど激しきことは間違いないぞ」

「違えねぇ。肥後は火の国、炎の如し、か……」

ひとりごちた俊平は、ぶるりと背中を震わせる。

「何としたのだ、沢井？」

「へっ、火もまた涼しってのはほんとのこったと気付いただけさね」

「今更か？　おぬしもまだまだだな」

健作は鼻で笑ってつぶやいた。

俊平は構うことなく、ずんずん歩みを進める。

「今日も暑いなぁ。またぞろ裏地がべたつきやがる」

「まだ衣替えをしてから二日目だぞ」

「仕方あるめぇ。出物はれもの所嫌わずって言うじゃねぇか」

「それは屁をひった折に言うことだ」

「意のままにならねぇのは汗も同じだろ」

「おぬしの屁理屈は幼き時分から変わらぬな……」

健作は呆れながらも安堵の面持ち。

これを機会に若様と柚香の仲が深まるのは、二人にとって幸いなことに違いないと思えばこそだった。

三

柚香は落ち着かぬ様子で通りの角に立っていた。

いつもの凜々しい男装ではない。

越後屋で仕立てた唐桟の袷は、衣替えに合わせて用意したもの。

身の丈が高めでも映える、艶やかな一着であった。

「柚香殿……」

「柚と呼んでくんしゃ……くださいな」

「心得ました、柚さん」

恥じ入りながら願い出られた若様は、微笑み交じりに言い直す。

捕物に手を貸す条件として町人の身なりになって合流し、武士の身なりでは人目を憚る逢引きの態で共に町を歩く約束も忘れてはいなかった。


若様と柚香は黒船屋の前に張り込んだ。

黒船町は浅草の町人地だが、場所は蔵前の近くで大川に面している。

川沿いに御米蔵が建ち並び、町境の木戸の先は札差の店が軒を連ねる一帯。

札差の商いには算盤勘定に加えて、力仕事も付き物だ。札旦那と呼ばれる小旗本や御家人から換金を任された米の俵を御米蔵から受け取り、買い手の米問屋が用意した荷車に積み込まなくてはならない。小僧はもとより手代も抱えの人足を顎で使うどころか、率先して担ぐ甲斐性が必要であった。

斯様な場所での張り込みに適しているのは、水茶屋だ。

緋毛氈を敷いた床几が並び、風除けに葦簀を巡らせた水茶屋は冬の最中には寒さが身に堪えるが、未だ残暑が失せない秋の初めの日中は、葦簀の隙間から吹き込む風が心地よい。

煎茶に加えて甘味を取り揃え、暑い盛りは井戸で冷やした麦湯や甘酒も出す。

煙草盆まで置かれており、老若男女の誰もがくつろげる。

若様は茶代があれば子どもたちに高めのお菜を食べさせてやりたい質のため、日頃は立ち寄ることもなかったが、柚香は行き付けているという。

「とは申せ……そうは言っても独りきりの空っ茶じゃ、味気ないのよ」

「そういうものですか」

「だから、今日は甘いのも頼みましょ」

「ち、近いですよ……」

十蔵と壮平は離れた位置から水茶屋の二人を見守っていた。

「おい、あれは影姫様だよな」

「うむ」

「あれじゃ、そこらの娘っ子と同じじゃねぇか」

「左様に振る舞うてみたいとのご所望であろう」

「変われば変わるもんだなぁ」

「それが乙女心というものぞ」

微笑ましげな面持ちの二人が見守る先で、たしかに柚香は浮かれ気味。

若様を巡って張り合うお陽に邪魔をされることもなく、凛々しい男装から一転した女らしい身なりで嬉々として、若様と共に茶と団子を堪能（たんのう）していた。

とはいえ本来の役目は、しかと心得ている。

柚香が視線を向ける先では、黒船屋の三人が商いに勤（いそ）しんでいる。

あるじの治右衛門に番頭の作兵衛、手代の房吉。

その面体を遠目に検め、柚香は男たちの実の名前を諳んじていく。

居合わせた客たちに聞こえぬように、声を潜めることも忘れない。

「あれは門三（もんぞう）……」

「隣は作平（さくへい）……」

「いま出てきたのが吉太（きった）ばい……」

隣に座った若様は、持参の矢立てから筆を取り出し、巻紙にしたためていく。

海賊あがりの三人が加わっていた一味の頭は、鬼鱶（おにぶか）の伴次（ばんじ）。

昨年の秋に柚香を連れ去り、辱（はずかし）めることによって一味を壊滅（かいめつ）させられた恨みを晴らさんとした悪党も、すでに亡い。

茶店で合流した十蔵と壮平も交え、続く段取りを話し合う。

門三らを一網打尽にするために、若様が策を献じてのことだった。

「ほんとにいいのかい？」

「構いませぬ故、助っ人らしい働きをさせてください」

「たしかにその形なら、あいつらも気を許すだろうけどよぉ……」

「ここは若様に任せようぞ、八森」

「本気かい、壮さん？」

「これだけ町人体(てい)が様になっておるのだ。仕損じる懸念はあるまい」

四

若様が実行に移した策は、いつもの姿では成し得ないことだった。

「うちの売り子をやりたいってのは、お前さんかい？」

「お願いしますよ、旦那ぁ」

甘えた素振りが板についていた。

若様は柚香の見立てを信じ、相手の懐に入り込んだのだ。

他の売り子が出払った隙を狙ってのことである。

「ねぇ、いいでしょう番頭さん？」

門三に続いて作平にも頼み込む。

「そうだねぇ、お前さんなら若い娘っこにも売れそうだね」

「番頭さん、何をお言いだい」

「いいじゃありませんか。一人ぐらい毛色の変わったのがいても」

作平はあっさり落ちたが、残る吉太は手強かった。

「甘い甘い、そんな細腕じゃカラン糖売りは務まらねぇよ」

「おや、ほんとですか」

「おめーは若いんだから、二つは担げるだろ」

「それじゃだめですよ」

売り子が背にする籠を突きつけられ、なぜか若様は手を横に振って見せた。

「じゃ、どうしようってんだい」

「お武家の道具に挟み箱があるでしょう」

「お供の中間が担ぐやつだな」

「ああした箱にぎっしり詰めて担いだら、二倍どころか四倍はいけますよ」

「そんなに売り捌こうってのかい？」

「番頭さん、そもそも担げやしませんよ」

期待を込めて話に割り込む作平に、吉太は呆れ顔になる。

若様は構うことなく視線を巡らせ、店の中を見回した。

「旦那ぁ、あれは何ですか」

「革籠（かわご）っていう容れ物だよ」

「挟み箱に似てますね」

「ずっと丈夫な代物だよ。重さも違うけどね」

門三が見やった先に置かれていたのは、革張りの行李（こうり）。蓋を閉め、担ぐための棒を付ければ、挟み箱と同様に使える造りになっていた。

「ねぇねぇ手代さん」

「俺は吉太だ」

「それじゃ、吉さん」

「馴れ馴れしいなぁ」

「あの革籠に、カラン糖をぎっしり詰めてくださいな」

「正気かよ」

「さぁ早く」

「後で吠え面かくんじゃねぇぜ」

吉太は言われたとおりにしてやった。

「ほら、もっともっと」

「どうなっても知らねぇぞ……」

急かされるがままに詰め込んだのを、事も無げに若様は担ぎ上げた。

「大した力持ちだねぇ」

「旦那、これなら見世物小屋でも花形ですよ」

感心する門三をよそに、作平は目を白黒させている。

そんな三人組を尻目に、若様は革籠を担いだまま表に出た。

吉太が大わらわになっている間に作平に用意させた、仕着せに装いを改めた上でのことである。

「カラン糖～、カランとカランとカランと～」

声も高らかに売り歩くのを、物陰から一人の男が見ていた。

六尺豊かな巨軀を巧みに隠し、ぎらつかせる双眸が若様を通り越す。

剣呑(けんのん)な眼差しを向けた先には黒船屋。

「ようやっと見つけたぞ……」

つぶやく声が帯びるは、相方の占春は示さなかった激しい怒り。

鋭く睨み付けたまま、ぎりぎり奥歯を噛み締めていた。

五

十蔵と壮平が黒船屋に乗り込んだのは日が沈み、店仕舞いをした直後であった。

作平に続いて門三を取り押さえ、裏口から逃走を図った吉太も逃がしはしない。

「ここまでです。包み隠さずに白状なさい」

「お、お前さんは町方の犬だったのかい⁉」

「今日は北町のお二方の助っ人です。悪しからず」

驚愕する門三に向かって告げる若様は、まだ仕着せを纏っていた。

「若様、お召し替えを」

「そうですね」

「お手伝いしましょう」

嬉々として着替えを手伝う柚香は、町娘の装いのままである。

「ほら、お前らはこっちだよ」

十蔵は門三らを並べて座らせ、尋問を開始した。

直ちに連行するのを避けたのは、理由があってのことだった。

「お前たちの後ろ盾、まさか島津の大殿様じゃあるめぇな？」

常の如く伝法な口調ながらも慎重に、十蔵は問いかける。

十手を向ける腹は固めたものの、重豪の将軍家の親族としての威光は絶対。

カラン糖の原料にされた黒砂糖の出どころが薩摩藩であり、抜け荷をさせた黒幕が重豪ならば、性急に表沙汰にするわけにはいかない。

「おぬしたち、性根を据えて返答いたせ」

「…………」

壮平が加わっての尋問にも、三人組は無言のまま。

見かねた柚香は口を挟んだ。

「そなたたち、国許の身内は達者であるか」

「……おかげさまで、息災にしております」

門三が謝意を交えて答えたのは、かつて柚香に温情を掛けられたが故だった。

かつて柚香は九州に在った頃、伴次の一味と刃を交えたことがある。

頭目の伴次は取り逃がしたものの一味を壊滅させ、生け捕られた門三と作平、吉太は情状酌量の余地ありと見なした柚香によって、助命されていたのだ。

九州と瀬戸内では、食いつめた沿岸の民が海賊となる事例が多かったという。

門三たちが伴次の一味に加わったのも家族を養うためであり、悪事に手を染めても無闇に人を殺めず、女を手ごめにすることも避けてきた。

故に柚香は三人の命を助け、所払いに処されるように取り計らったのである。

「……お答え申し上げます」

柚香に恩義を感じる門三たちは、観念して口を割った。

黒砂糖は伴次の根城であった離れ島から、密かに持ち出したと明かしたのだ。

伴次の一味は沿岸の各地を荒らすばかりか抜け荷船も標的にしていたため、戦利品には異国の珍しい品々も多かった。

しかし、下手に売り捌けば足が付く。

そこで黒砂糖のみを持ち出して、カラン糖に仕立てたのだ。

江戸に下ってきた理由は甘味を好む者が多いだけに売り上げが確実に見込めるのみならず、よそ者が紛れ込みやすい土地柄あってのことだった。

「左様な次第だったのですね……」

つぶやく若様は、同情を覚えずにはいられない。

「どうしたもんかねぇ、壮さん」

「おぬしと考えは同じようだな」

「そうらしいなぁ」

十蔵は壮平と諮り、条件付きで三人組を見逃すことにした。

「相良の姫様が目こぼしなすったのを罪に問うのは無礼ってもんだが、何のお咎めもなしで済ませるわけにゃいくめぇよ。お前らが人様のもんを売り捌いて、荒稼ぎをしやがったのは間違いねぇこったからな」

「何となさるご所存ですか、十蔵さん」

「罪滅ぼしに手を貸してもらうんだよ」

「罪滅ぼし、ですか？」

「南と違って北は人手が足りねぇんだよ」

十蔵が三人組に持ちかけた条件とは、北町奉行所の探索御用を手伝うこと。

御縄にはしない代わりに大晦日までに店を畳み、江戸から去ることも前提だった。

「これで一件落着ですね」

「ほざくでないぞ、若造」

剣呑な響きの声が割り込んだのは、若様が笑顔で言った直後であった。

一刀の下に断たれたのは、裏口の引き戸。

門三らが不意を衝いて逃げ出すのを防ぐため、壮平が支っておいた心張り棒ごと両断されていた。

「てめぇ、こないだの薩摩っぽか！」

「下馬将軍の差し金かっ」

「やかましい。どっちも外れてるぜ」

十蔵と壮平に一喝されても動じることなく、うそぶいたのは六尺豊かな大男。

居並ぶ一同の前を横切り、仁王立ちしたのは土間。

退路を塞ぐ思惑もあってのことだ。

今宵も野太刀並みの刀に加えて、定寸に近い大脇差を差し添えにしていた。

「俺は勇魚の伴三。そこのじゃじゃ馬のせいで命を落とした、伴次兄いの弟よ」

「それじゃ、てめぇも海賊か」

「昔は兄弟揃って荒稼ぎをしたもんだ。詳しいこたぁ、そこで震えてやがる三馬鹿が知ってるぜ」

不敵に嗤う伴三を前にして、門三らは一声も無い。

「勇魚たぁ大きく出たな。幾らでかぶつでも、海豚がせいぜいだろうぜ」

「じじいに四の五の言われることじゃねぇやな。それより黒砂糖を早く返しな」

「されば、うぬはそのために」

「そういうこった。ついでに三馬鹿の首も貰っていくぜ」

「ひっ」

堪らずに吉太が悲鳴を上げた。

その前に、すっと若様が立ちはだかった。

「黙りなさい」

「なんだと、若造」

「この者たちは前非を悔い、罪を償う気になったのです。勝手は許しませんよ」

「だったら、おめーから先に殺るまでだぜ」

「されば相手になりましょう」

「そ、それなら私も！」

伴三との戦いに割り込もうとした柚香を、そっと若様は押し退けた。

「表に出ますか」

「出たくなったら勝手にするぜ。とっとと得物を取んな」

「私の武器はこの身一つです」

「へっ、占春みてぇなことをほざきやがる」

「その御仁(ごじん)のことは存じませんが、お仲間にされたくはありませんね」

「やかましい！」

伴三は吠えると同時に抜刀した。

力任せのようでいて、刀の捌きは精緻(せいち)であった。

鞘を引いて抜き放ったのは大脇差だ。

野太刀並みの一刀を左腰に帯びたままでも、足の捌きに障(さわ)りはない。

応じて若様は土間に跳び下りた。

斬ってくるのに臆することなく、近間に踏み込む。

「若様っ」

堪らず柚香が悲鳴を上げた。

今宵の影姫は可憐なばかり。

凜々しい男装で押し通すよりも、似合っていると素直に思える。

なればこそ、護らなくてはならぬのだ。

「エイ！」

「チェイ！」

二人の気合いの応酬に、表の板戸が震える。

行燈の明かりに浮かび上がった大小の影がぶつかり合う。

「ぐ……」

「目を覚ましたら牢の中ですよ。罪の報いをお受けなさい」

崩れ落ちていくのを一瞥し、告げる若様の左胸から血が伝う。

交錯しざまに刃を受けたお返しに、脾腹への一撃を決めたのだ。

いま少し若様の気迫が足りなければ、伴三の斬撃は致命傷となったであろう。

柚香はもとより、この場の一同を護りたい。

その切なる一念が、強敵を倒す力を呼んだのだ。

「若様っ」

「大事はありませんよ」

「良かった……」

「こちらこそ、ありがとうございます」

安堵の余りに涙ぐむ柚香に、若様は明るい笑みを返すのだった。

第四章　身中(しんちゅう)の毒虫

一

十蔵の対処は迅速(じんそく)であった。

「おう吉太、ちょいと手ぇ貸しな」

「へ、へい」

「作平は表の戸締まりだ。破られちまった勝手口もきっちり塞いで、裏の長屋住まいの衆に気取られねぇようにするんだぜ」

「し、承知しやした！」

指図を受けた二人が、泡を食って動き出す。

店の中での暗闘に、隣近所の人々が気付いた様子はない。

伴三が人目を避けるべく、夜陰に乗じて乗り込んできたのが幸いしたのだ。

江戸でも夜の往来で通りすがりの酔っ払いが言い争い、怒鳴り合いから摑み合いに至ることは珍しくないが度の過ぎた騒ぎとなれば大目に見られず、自身番所から番人が駆け付ける。若様との一騎打ちが長引けば厄介なことになるところだった。

「生け捕りにしてくれて助かったぜ」

吉太と二人で巨体を支えながら、十蔵は安堵の笑みを浮かべる。

その若様が負った傷も、放ってはおけない。

動いたのは医者あがりの壮平だ。

「おぬし、焼酎と晒を持って参れ」

「へいっ」

指図を受けた門三が台所へ素っ飛んでいく。

戻ってくるのを待つ間に、壮平は土間へ降り立った。

「姫」

最初に呼びかけた相手は柚香だ。

すでに柚香は若様から離れ、毅然とした顔を壮平に向けていた。

「卒爾ながら、療治の手伝いを願い上げ申す」

「もとより承知ぞ」

「頼もしきお答えにござる」

「当然であろう。若様は妾(わらわ)を庇(かば)うて手傷を負うたのだ」

柚香は表情ばかりか口調も常の如く、凜々しいものに戻っていた。

「柚さん」

そこに若様が口を挟んだ。

「お気持ちは嬉しいですが、ご心配には及びませんよ」

「若様、されど……」

「私は為すべきことをしただけです。あなたの身に万一のことあらば、親御代わりのお二人に合わせる顔がありません」

当惑ぎみの柚香に向かって告げる、若様の口調は穏やか。

しかし、顔色は宜(よろ)しくない。

負った傷が浅いとはいえ、手当てを急ぐべきだろう。

「旦那」

門三が一升徳利を抱えて戻り来た。

傷の手当てに必須の晒は、手付かずの一反(いったん)を右手に持っている。

「ご苦労」

　壮平は徳利を壮平の膝元に置き、晒を柚香に手渡した。

　続いて必要なのは、明かりを増やすことである。

「門三、蠟燭は何を使うておる」

「いつも百目でございやす」

「豪気であるな」

「国許じゃ松脂蠟燭がせいぜいでしたんで……」

「九州に限らず諸国の村々においては、未だ使うておるそうだな」

「せいぜい一刻ぐれぇしか保たねぇのを点けたり消したりして、長えこと保たせてたもんでさ」

「それは今は百目蠟燭か」

「明かりを惜しまずに夜更かしができるようになっただけでも、お江戸に店を開いた甲斐がございやした」

「されば一本持って参れ」

「新しいのがよろしゅうございやすかい？」

「斯様な折に費えを惜しむな。功徳は生きておる内にするものぞ」

「分かりやした」

門三は一礼し、店の奥へと戻っていく。

「若様、こちらに掛けるのだ」

壮平は若様を上がり框（かまち）に座らせた。

「染みるであろうが辛抱せい」

胸元をくつろげさせる手付きは慎重そのもの。門三が抱えてきた徳利の焼酎で傷口を清める前に、自分の指を湿らせるのも忘れない。

「ほんのかすり傷ですよ。大事はありません」

「甘（あも）う見ては相ならぬ。浅手と軽んじたのが災いし、思いがけず死に至ることも往々にしてあるのだ」

「和田が申すとおりぞ、若様」

壮平に続いて柚香も苦言を呈した。

口を動かしながらも手は休めずに、晒を裂く手付きは慣れたものだ。

「刀傷に限らず、ほんの些細（ささい）な怪我で命を落とすことがあるのだ」

「まことですか」

「激しゅう体を震わせて、苦しみ抜いた末に息を吸うことがままならず死に至る……

国許では左様な死に様を一度ならず、目の当たりにしたものぞ」

「ひとたび罹らば大の男も生き永らえる者はせいぜい半数。赤子はまず助からぬ」

傷を消毒しながら言い添える壮平は、忸怩たる面持ち。工藤平助の門下で若き医者として働いていた当時に直面した、苦い思い出があってのことなのだろう。

「それは痛ましいお話ですね……」

「確たる療法が判らぬ以上、傷あらば速やかに手当てをするのみだ」

堪らずつぶやく若様に淡々と答えつつ、壮平は傷の消毒を終えた。

二人が若様に語った病は破傷風である。

傷口から人体に入り込んで神経を冒し、呼吸困難を引き起こす元凶が土や獣の糞に潜む細菌とは日の本はもとより異国でも未だ明らかにされていないが、傷口を露わにしたために重篤化する危険性は広く知られており、手当てに際して消毒を行うことの重要性も認識されていた。

まして医者ならば傷口のみならず、治療を行う指先や道具にも消毒が欠かせぬことが分かっている。

傷の消毒を終えた壮平は、懐から包みを取り出した。

雨や汗が染みるのを防ぐ油紙に包まれていたのは、薄い造りの桐の箱。

蓋を開けると薄刃の小刀（こがたな）に加えて、細身に仕立てた針と糸が現れた。

再び指先を湿らせた壮平は針を、続いて糸を摘み取る。

「お待たせしやした」

門三が燭台を手にして戻り来た。

すでに蠟燭は点（とも）されている。

若様を照らす光は、元から置いていた行燈とは段違いに明るい。

文机（ふづくえ）の傍らに置くのにちょうどよい、夜なべの書き物に適した高さの燭台だ。

男所帯では柄が付いていて持ち運びもできる手燭（てしょく）が重宝（ちょうほう）するが、傷を縫うには手元に光が届きやすいのが一番と門三は判じたのだろう。

芯が切りたての蠟燭は、太く堂々としたものだ。一本あたりの重さの百匁（ひゃくもんめ）（三七五グラム）が百目と言い換えられ、呼び名となった百目蠟燭である。

「かたじけない」

壮平は礼を述べ、蠟燭の明かりで針を照らした。

小さな穴に糸を通した上で、針の先を灯火に翳す。

金属の消毒に火を用いるのが有効なのは、当時から知られていたことだ。

壮平は麻酔の処方も心得ていたが、今は薬種の備えがない。

「よしなにお頼み申します」

「参るぞ」

壮平は傷口を縫い始めた。

熱を帯びた針の運びは手慣れたもの。

若様は縫合が終わるまで、呻き声一つ上げはしなかった。

「旦那」

血の付いた手を洗っていた壮平に門三が躙り寄る。

差し出されたのは、二枚貝の殻に詰められた膏薬。

百目蠟燭を灯すのを惜しんだ時とは違って、進んで持ってきたものだ。

「これは蝦蟇の油だな」

「この春に浅草の奥山って盛り場で、学びのついでに買い求めたもんでさ。まだ傷んじゃおりやせんので、お使いくだせぇ」

「……そのようだな」

壮平は焼酎で洗浄した指先に膏薬を取り、縫合を終えた傷口に擦り込んだ。目の前に持ってきて色を検め、ひと嗅ぎした上のことである。

「和田、後は任せよ」

柚香が裂いた晒を手にして進み出た。

「お頼み申す」

壮平は門三に向き直った。

「学びと申したのは、カラン糖の売り口上か」

「お祭しのとおりでございやす」

「蝦蟇の油売りに限らず吟味を重ねた末に、あの口上に辿り着いたのだな」

「あれこれ思案しやしたが、分かり易いのが一番だって腑に落ちやした」

「たしかに分かり易く、覚えるも易き節回しぞ。蛇の目入りの仕着せと相まって、道行く者の耳目（じもく）を引くに申し分あるまい」

「お褒めに与りやして恐縮でさ」

「謙遜するには及ぶまい。私と八森も学び甲斐がありそうだ」

「そいつぁ褒めすぎッてもんで……?」

門三は愛想笑いを強張らせ、壮平に問いかけた。

「旦那がた、何を学びなさるってんですかい」

「決まっておろう。おぬしが考えたというカラン糖売りの口上だ」

「そんなもん、何も旦那がたが覚えなさるにゃ及びやせんぜ」

「左様なわけには参らぬぞ」

唖然とする門三に、壮平は有無を言わさず言い渡した。

「これより私と八森は黒船屋の売り子を装うて、市中探索を執り行う。おぬしらが店を畳みて江戸から去る大つごもりまでのことだがの」

「本気ですかい」

「言いたいこともあるだろうが我らは人を疑うことが御役目だ。とは申せ、もとより御用繁多な身の上なれば付きっ切りで見張るわけには参らぬが、この店を探索御用のために装いを改むる場の一つと定めれば話は別だ。ただ見張るだけのために足を運ぶは難儀なれど、ついでとあらば手間にはならぬ。おぬしらも雇いの売り子と思うて接してくれて差し支えない故、気を遣わずに済むであろう」

「そんな……」

「今になって不承知とは申せまい。罪滅ぼしに合力したいとの申し出がその場しのぎだったとあらば、おぬしらをまとめて御縄にするまでだ」

「いえ、いえ、左様なことはございやせん」

「ならば四の五の申さず、私と八森の体に合うた仕着せを用意せい。下ろし立てでは怪しまれる故、洗い晒しておくのも忘れるでないぞ」

「それじゃ、どうあっても手前どもの売り子に」

「身なりを変えて諸方に出向くが我らの御役目なのでな」

「代わりにあっしらが旦那がたの手足になって、及ばずながら調べ事に走り回ってんじゃ駄目ですかい」

「慣れない真似は止めておけ。餅は餅屋と申すであろう」

「やってやれねぇこたぁございやせんよ」

「そこまで申すのならば頼んでおくが、日々の商いをしていて異なことが耳に入りし時のみ、私か八森に知らせてくれ。おぬしの手持ちの黒砂糖が無うなるまではカラン糖を拵え、売り捌くことに専心するのだ。申すまでもあるまいが、くれぐれも雲隠れなど致すでないぞ」

「…………」

「返事は？」

「……へい」

「言葉が足らぬな」

「だ、旦那がたの御役目に、店を挙げて合力させていただきやす」

重ねて答えを促され、門三は堪らず頭を下げた。

「それでよいのだ」

望みの答えを取り付けて、壮平は莞爾と微笑んだ。

二

十蔵は吉太に加えて作平にも手伝わせ、伴三を立ち上がらせたところだった。

六尺豊かな大男は、ただでさえ目方が重い。まして気を失っているのを二人だけで運ぶのは骨が折れる。十蔵は吉太と作平に肩を貸すように指示する一方、前に廻って背負うように支えていた。

「二人とも若えくせにだらしがねぇなぁ。しっかり腰を入れろってんだい」

「わ、分かっておりやす……」

「もしも転ばせちまった弾みで息を吹き返したら無事じゃ済まねぇぜ。こいつの狙いは裏切り者のお前らなんだろ」

「お、脅さねぇでくだせぇやし……」

吉太と作平はふらつきながらも懸命に、十蔵に合わせて歩みを進める。

大汗を掻きながら上がり框に辿り着き、ようやっと板敷きに伴三を横たえた。

伴三の刀と大脇差は十蔵がいち早く回収し、壮平の傍らに置いてある。若様に傷を負わせた大脇差の血を懐紙で拭い、腰から奪った鞘に納めたのも十蔵だ。

「ご苦労だったな」

二人の労をねぎらった十蔵は、懐から束ねた捕縄を取り出した。

麻糸を撚り合わせた丈夫な縄は白染めである。

町方同心が咎人の拘束に用いる縄は陰陽五行と四神相応の考えに基づき、春夏秋冬に梅雨を加えた五つの季節に合わせた色に染め分けられる。

春は青、梅雨は黄、夏は赤、秋は白で冬は黒。

十蔵が手にした白染めの捕縄は四神の一柱で、秋を司る白虎に因んだもの。板敷きに横たえた伴三にわざわざ西を向かせて縄を打ったのも、白虎が西を護る神獣として信仰されているが故である。

「さーて、こっから先が難儀なこったぜ」

動きを封じた巨漢を前にして、十蔵は考え込む。

首尾よく生け捕りにしたものの、のんびり構えてはいられなかった。

この伴三が薩摩七十七万石の島津家、それも重豪の子飼いなのは間違いない。

先だって高輪御殿に忍び込んだ時には十蔵と壮平の行く手を阻み、名も知れぬ拳法使いの五十男と二人がかりで襲いかかってきた。

海賊稼業の足を洗って島津家に従属したのは亡き兄の伴次と同じだが、高輪御殿に詰めていたからには重豪に仕える身のはずだ。

とはいえ、護りを固めるだけのために召し抱えられたとは考え難い。

若様に浅手ながら傷を負わせた腕前は警固役にうってつけだが、所詮は海賊上がりの危険な男。もとより武士の道に生きる身ではなく、忠義を尊ぶ心など最初から持ち合わせていまい。

武士は主君に命じられれば非道な所業も苦悩しながら実行するが、根っからの悪人は主命が下ったのを幸いに嬉々として手を染める。

武家にとって望ましい家臣は前者であり、後者は唾棄すべき存在でしかない。

まして島津家は鎌倉将軍家との縁が深い、由緒正しい家柄。好んで召し抱えるはずがなかったが、重豪が雇ったのならば腑に落ちる、外道であることに目を瞑って余りある、利点を備えているからだ。

海賊は略奪に勤しむばかりが能ではない。

奪った品々を異国船に売り渡し、金に換えるのもお手の物。

下手に日の本で金銀に換えようとすれば足が付き、御縄にされる恐れもあるが相手が異国人ならば問題は生じない。

盗品であろうと構うことなく買い取ってくれる上に後腐れのない、理想の商売相手であった。

十蔵と壮平が暴きたいのは、重豪が私的に行っていると目される抜け荷である。

その実行役として伴三が雇われたと判ずれば、辻褄が合う。

年季の入った海賊は昔取った杵柄で異国船と交渉を行い、値切って買い付けることにも慣れている。蘭癖大名とも呼ばれる重豪の眼鏡に適い、召し抱えられたとしても不思議ではあるまい——。

「お前たち、知ってるんなら教えてくんな」

「な、何でございやしょう」

いち早く反応したのは作平だった。

声が上ずり、見るからに様子がおかしい。

若い吉太に至っては、顔色まで失くしていた。

「決まってんだろ。お前らが伴次の一味を裏切った、ほんとの理由さね」

「そいつぁ門三兄い……うちの旦那が明かしなすったじゃありやせんか」

「いや、まだ何か隠してるだろ」

「どど、どういうことですかい」

「そいつをサックリ話せって言ってんだろが」

「だ、だから何にもありゃしねぇと、さっきから……」

「まどろっこしいな。いい加減に観念しねぇとただじゃ済まなくなるぜ」

「いい加減になすったほうがいいのはお前さんですぜ、八森の旦那」

言葉に詰まった作平に吉太が助け船を出した。

「うちの旦那はもちろん番頭さんも何も隠しちゃおりやせん。疑われるのも無理ねぇでしょうが、もうちっと信じてやってくだせぇよ」

「だったら、お前はどうなんでぇ」

「あっしみてぇな若造が何を知ってるってんですかい」

「手前のことを若いって言うのは、実は老け込んでる証しだぜ」

「まだ三十にゃだいぶ間がある年なんですがねぇ」

「腐ることたぁねぇだろ。若えに似合わず分別があるってこった」

「褒めなすっても何も出やせんぜ」

「へっ、おだてにゃ乗らねぇ質か」

「だから役人の言う綺麗ごとが胡散(うさん)臭くて、郷里(くに)をおん出たんですよ」

「それで海賊稼業に入ったのかい」

「うちの旦那が明かしなすったとおり、船の扱いにゃ慣れておりやしたんでね」

「流石は村上水軍で知られた塩飽の海育ちだな」

「それほどのこともございやせん」

感心しきりの十蔵に、吉太の顔も自ずと緩む。

門三と作平、吉太の三人が明かした郷里は瀬戸内の島。先祖は平安の昔から水軍を組織して勇名を馳せてきた、村上家の水主衆だ。

村上三家に代表される瀬戸内の水軍は、各家の当主に仕える将兵だけで成り立っていたわけではない。渦巻く海を鍛えた体で乗り切り、洋上で合戦となれば得物を手にして戦うことも恐れぬ水主衆あっての強さであり、武士と民の境界が曖昧だった時代ならではの覇気に満ちていた。

しかし豊臣秀吉が天下を統一し、長かった戦国の乱世が終わると村上三家は海から遠ざけられ、毛利などの大名家に吸収。あるじを失った水主衆は解体され、塩飽の海と呼ばれる瀬戸内の島々で漁撈と農業に従事した。

世代を重ねて時代は変われど先祖譲りの気風は失せず、無宿の扱いとされる覚悟で家を出て、村から逃れた者も少なくない。

そんな無宿人あがりの海賊だったのが門三と作平、吉太の三人。

九州に流れて伴次の一味に加わったのも、先祖譲りの気性の為せる業であった。

「乱世のご先祖がたに負けねぇように励んじゃみたが、どうしても酷いことにゃ手を染められなかったわけだな」

「抜け荷も気が進むことじゃありやせんでしたよ」

十蔵からの問いかけに、吉太に代わって作平が答えた。

「昔はともかく、今の日の本に海賊は必要ありやせん。そのことに権現様も気付いていなすったからこそ江戸に連れて行きなすった残りの連中は二本差しにせず、漁師と百姓にさせようとしなすったのでござんしょう」

「そう判じたから、足を洗う気になったのかい」

「仰せのとおりでさ」

「瀬戸内に帰りてぇのかい？」

「できることなら師走と言わず、今すぐにでも舞い戻りてぇですよ」

作平は切なげに息を吐いた。

「その前にしっかり稼いでお金を貯めねぇと、島の皆に合わせる顔がありやせん」

「これまでにも仕送りはしてたんだろ」

「いつも端金(はしたがね)ですよ。カラン糖の商いにゃ費えも多うございますんで……」

「居抜きで借りたにしても蔵前が目と鼻の先じゃ、地代(たけ)が高えだろうしな」

「人手を集めるのも馬鹿になりません」

「口入屋を間に入れてねぇのにかい？」

「日当を安くすると手を抜くばかりか、売り上げをごまかされちまうんで」

「お前さん方をお江戸じゃ新参者と侮ってやがるな」

「やっぱりですか」

「伝法な喋りが板についてねぇからなぁ」

「分かってはおりますよ」

「お国言葉を出さねぇようにと思い定めてのこったろうが、半年やそこらで様になるもんじゃねぇぜ。それで不義理をしやがった売り子の始末はどうしてるんだい？」

「見つけるたびにとっちめておりますが、お奉行所に突き出せばこちらの腹も探られますので強くは出られずに……」

「その調子で何とかなるのかい」

「ぜんぶ売り切って、伴次から頂戴した黒砂糖を使いきるまでは止められません」

「俺たちゃ大つごもりまでって日数(ひかず)を切ったのだぜ」

「師走に入ったらせいぜい踏ん張りますよ。吉とあっしはもちろん、門三兄いも売り子になっていただきやす」

「そこまでするにゃ及ぶめぇが、手は多いほうがいいやな」

「それはそうですけど……」

「おや、門三が鳩豆になってるようだぜ」

「はとまめって何ですかい」

「鳩が豆鉄砲を食ったよう、って言うだろが」

十蔵が上がり框に向かって指をさした。

壮平と話をしていた門三が目を白黒させている。

傷の縫合が終わった若様は、柚香に晒を巻いてもらっている最中だった。

「痛みはないか、若様？」

「はい」

「辛抱するには及ばぬぞ」

柚香はしきりに問いかけながら包帯を締めていた。

傍目にも縛りが甘いと見て取れる。

あれでは壮平に気付かれて、後から締め直されることだろう――。

苦笑いする十蔵をよそに、作平と吉太は茫然。

こちらも鳩豆になったようである。

「どうしたってんだ、うちの旦那は……?」

「あれでも腹は据わってたはずですぜ……」

戸惑う二人に答えを出してやったのは十蔵だ。

「壮さんから売り子の話をされたみてぇだな」

「売り子ですって」

「ああ」

「そんな話を、どうして和田の旦那がなさるんですかい」

「決まってんだろ。壮さんと俺がやるからさね」

「ええっ」

「旦那がたが、ですかい⁉」

「俺の仕着せはできるだけ冷えねぇように、縫いがきっちりしたのを頼むぜ」

唖然としたままの二人に笑みを返し、十蔵は腰を上げた。

時が経ち、夜の闇は濃さを増している。

人目を避けて動くには頃合いだ。

「壮さん、ちょいと前触れをしてくるぜ」

「頼むぞ、八森」

壮平が労をねぎらう声を背に草履を履き、十蔵は店の表に出た。

「ぶるるっ、日が落ちた途端に冷えやがらぁ」

ひとりごちながら赴く先は北町奉行所。

小者（こもの）たちに大八車（だいはちぐるま）を引かせて立ち戻り、伴三を運ぶのだ。

「……行っちまったみてぇだな」

溜め息交じりにつぶやいた十蔵は、懐手をして歩き出す。

壮平と二人して黒船屋に乗り込んだ時から感じていた気配と視線は、若様の一撃で伴三が気を失った辺りで消えたまま。

見事な隠形（おんぎょう）ぶりであった。

十蔵も御役目柄、得意とする技である。

三十年来の相方である壮平も同様だ。

しかし、あの男も侮り難い。

「俺も性根を据えなきゃなるめぇよ……」

十蔵はぶるりと背中を震わせる。

あれは高輪御殿で伴三と共に行く手を阻んだ拳法使いの五十男に相違ない、静謐(せいひつ)にして剣呑な気配であった。

三

夜更けの高輪御殿の警戒は常にも増して厳重だった。

日頃は見張りが甘い裏門にも、屈強な番士たちが張り付いている。

町方同心と思われる二人組の侵入を許した反省があってのことだ。

とりわけ護りが固いのは、屋敷地の一角に設けられた隠居所の蓬山館。

奥の私室で文机に向かった重豪は、灯火の下で黙々と筆を執っていた。

装いは羽織を略した着流し姿。

まだ長月を迎えたばかりだけに足袋は履いていなかったが、寒がりの十蔵ほどには辛そうにしていない。国許の薩摩で生まれ育った身ながら江戸暮らしが長く、寒暖の差が大きい気候に慣れて久しいのだ。

可愛がっている曾孫の邦丸は見当たらない。

午睡から目覚めたところに迎えの駕籠が到着し、芝新馬場の上屋敷に連れ帰られてしまったからだ。

「ふふ、こうも静かになるのだな……」

筆を走らせていた手を休め、重豪は寂しそうにつぶやいた。

この蓬山館を新築した当初には、江戸で儲けた幼い息子たちも一緒に暮らしていたものである。寝起きをさせたのは側室筆頭のお登勢の方が仕切った奥向きだが、幼子は隙あらば屋外へ抜け出してしまうので油断は禁物であった。

蓬山館の広い庭には稲荷社に観音堂、関帝廟に加えて池に花園、葡萄架まで設けられており、風雅を解さぬ子どもも隠れん坊を楽しむのに申し分ない。芝から移り住んだ当初は五十を過ぎたばかりだった重豪も手が空けば遊びに交じり、我が子たちの成長を肌で感じることに喜びを覚えたものだが、全ては昔の話である。

当時八つだった四男の時之丞は越前丸岡五万石の有馬家へ婿入り済み。下の為次郎と乗之助は幼名のまま病に果てた。

「また命日が巡って参るのう」

筆を置いて目を閉じる、重豪のつぶやく声は切ない。

その後も子宝に恵まれ続け、七十を目前にしながら未だ側室を手放せぬほど壮健な重豪だが、亡くした子らを忘れることはない。武家の習いで父祖の命日は口にしない生臭物を我が子が早世した日にも受け付けず、房事（ぼうじ）は控えるのが常であった。

今日は邦丸を帰して早々に筆を執り、夕餉もそこそこに書き物に没頭していたため奥に渡るつもりはない。

硯箱（すずりばこ）に蓋をして、重豪は腰を上げた。

敷居を隔てた先の寝所には布団が敷かれており、乱れ箱には寝間着の白衣（びゃくえ）。

「誰（たれ）かある」

「ははっ」

重豪が呼ばわる声に応じて姿を見せたのは、小柄な五十男だった。

「何としたのじゃ、占春」

「急ぎ申し上げたき儀ありて、御畏れながら推参（すいさん）つかまつりました」

「苦しゅうない。これへ参れ」

重豪は白衣に着替えることなく踵を返し、明かりを消した私室に戻りゆく。

「ご免」

占春は先に立って敷居を越え、まずは燭台の蠟燭に火を点し直しにかかる。

「この時分に顔を合わせるのは久方ぶりだの」

「左様にございまするな」

「その節は雑作をかけたのう」

「滅相もなきことにござり申しまする」

灯火の下で交わす言葉は、主従の分を踏まえながらも打ち解けたものである。

侍医と記室を兼ねる占春は、側仕えの家臣たちの中でも別格の存在。

医術に加えて本草学の造詣も深い占春は唐土の言葉にも堪能で、重豪が若い頃から書き溜めた原稿を語学書として編纂した『南山俗語考』が今年で上梓に至った際にも中心となり、夜なべの執筆に付き添うこともしばしばだ。

夜更けて訪いを入れても咎められぬのは、重豪が慣れきっていたが故のこと。

火を熾して蠟燭を点す様も、見慣れて久しい眺めである。

「占春、申せ」

上座から問う重豪には、機嫌を害した素振りもない。

その表情が一転したのは、続く言葉を耳にした時だった。

「伴三が町方の手中に落ち申しました」

「町方とな?」

「巡らされし罠に飛び入り、虜にされたのでございまする」

「……肥前守か備後守が、左様にふざけた真似をしおったと申すのか」

「永田備後守様の差し金にござりまする」

「北町か」

たちまち重豪の顔に怒気が満ちた。

憤りを露わにした主君に、占春は無言で視線を向けた。

本来は平伏すべきだが、占春が勝ち得た信頼は伊達ではない。

故に何ら臆することなく、態度だけは殊勝に取り繕って言上した。

「大御隠居様、畏れながら申し上げまする」

「……申せ」

「伴三が斯様な次第と相成ったのは私情に任せ、勝手に動いた挙げ句の果てにございまする」

「私情とな」

重豪はじろりと見返した。

占春は動じることなく視線を受け止めた。

「埒なき理由にございまする」

「まずは子細を聞かせよ」

「あやつが承りし御役目は、昨年まで兄が務めており申した」

「うむ。左様であったそうだの」

頷く重豪の言葉は曖昧。

もとより名前まで覚えてはいないはずだ。

直に抜け荷を命じられたのは、江戸常勤の家臣である。

亡き伴次は用人見習いという名目だけの御役目を与えられてはいたものの、重豪に御目通りを許されたことは一度もなかった。

当人は島津の家中に列せられたと舞い上がっていたものの、期待された真の役目は抜け荷を運ぶ船頭と、海賊の頭という前歴を活かした買い付けの交渉役。

つまりは手先に過ぎず、後を担った伴三も同じだった。

重豪に気に入られれば家臣に取り立てられることもあり得ただろうが、そもそも顔を合わせる折がなければ、関心を抱かれるには至るまい。

「大御隠居様」

占春は頃や良しと見て言上した。

「何じゃ」

憮然と見返す重豪は、未だ怒りが鎮まっていない様子である。

ここで臆してしまっては、占春の企みは水泡に帰す。

それでは伴三に黒船屋の三人組の素性と場所を教え、怒りに任せて乗り込むように事を運んだ甲斐がない。

「御畏れながら、ここが思案のしどころにございますぞ」

占春は敢えて語気を強くした。

「何を熟慮せよと申すのだ」

「一橋の大殿様にございまする」

「む……」

「大御隠居様におかれましては、望ましき御付き合いではございますまい」

「そのほう、口が過ぎるぞ」

重豪の視線が鋭くなった。

図星を突かれた時の素振りだ。

「お聞きくだされ」

占春はここぞとばかりに続けて言った。

「抜け荷が大御隠居様の御所望あってのことならば、臣下の身で御耳障りなことなど申し上げますまい。されど一橋の大殿様の御為(おんため)に、御機嫌伺いの品々をご用意なさるためとあっては得心できませぬ」

「…………」

「私も侍医と申せど士分の端くれ。大御隠居様の仰せとあらば、自裁して果つるを辞さぬ所存にござり申す」

「……その覚悟を以て、如何なる思案をしたと申すか」

「お聞き届けくださいまするか」

「まずは申せ」

「ははっ」

深々と下げた頭を再び持ち上げ、占春は話を始めた。

「北町の奉行……永田備後守が狙いは御畏れながら大御隠居様のみには非ず。一橋の大殿様の罪も問う所存かと」

「それは何故の存念か」

「かねてより備後守は南町の奉行……根岸肥前守と諮りて、上様の御側仕えの衆と事を構えおる由にございますれば」

「御側御用人の水野出羽守か」

「出羽守様は御役目替えで西の丸に移られました故、敢えて争いはしますまい」

「されば御側御用取次の林肥後守と、小納戸頭取の中野播磨守辺りだの」

「御推察のとおりと存じ上げまする」

「あれなる両名は上様が御幼少のみぎりより御側近くに仕え、出羽守を含めて気脈を通じおる間柄であろう」

「なればこそ罪に問い、上様の御側近くより遠ざけんとしておるのでござり申す」

「その矛先(ほこさき)が、一橋の大殿にも及ぶと判ずるのか」

「ははっ」

「上様の御尊父殿に十手を向けるとは、思い上がりも甚(はなは)だしいのう」

重豪は不快げに眉根を寄せる。

占春の無礼に抱いた怒りは、すでに失せたと見なしていいだろう。

「かかる思い上がりを意気に感じて命を張り、死に急ぐ愚か者が居ればこそかと」

「町奉行が配下の木っ端役人に、そこまでの命知らずが居ると申すのか?」

「過日に御屋敷地内に入り込みし同心どもならば、あり得ましょうぞ」

「隠密廻か」

「左様に判じ申しまする」

「ふむ……」

重豪は黙して考え込む。

しばしの間を置き、口を開いた。

「備後守め、そこまでの信頼を配下より勝ち得ておったか……守銭奴と呼ばれるのを憚ることなく賄賂三昧であった男が、変われば変わるものだのう」

「何故か存じませぬが、北の町奉行となりて変わったのは明らかにござり申す」

「変えたのは肥前守かの」

「さもなくば、配下の与力と同心かと」

「御直参とは名ばかりの木っ端どもが、か？」

「あり得ぬことではございますまい」

「……左様であれば、侮れぬの」

「そこで謹んで申し上げまする」

「何とするのだ」

「いえ、何もなさってはなりませぬ」

「どういうことじゃ」

「御畏れながら大御隠居様におかれましては、御手を出されるには及びませぬ」

「先んじて手を回さねば、抜け荷が暴かれるではないか」

「その前に手を打つ者が居りまする」

「誰じゃ」

「抜け荷を申し付けられし、ご家中のお二方にございまする」

「古賀と伊庭か」

「左様にございまする」

「あやつらが我が身可愛さ故に、命じられずとも動くと申すのか」

「人は総じて、左様なものにございますれば」

「……そのほう、策士だの」

「滅相もございませぬ」

重豪の視線を動じることなく受け止めて、占春は微笑んだ。

四

占春の目論見どおりに事が運んだのは、翌日早々のことだった。

「無礼者め、早々に立ち去れい！」

「斯様な長物は大御隠居様の御達しにより江戸表はもとより国許でも、みだりに腰にしては相ならぬのだ。それを動かぬ証拠とは馬鹿も休み休み申すがいい！」

伴三から取り上げた刀を手にして高輪御殿に足を運んだ十蔵と壮平が、慌てて応対に出てきた二人の藩士に追い帰されたのである。

「呆れた痴れ者たい」

「塩じゃ！　塩ば撒いとけっ」

表門の潜り戸から押し出すや、藩士たちの口を衝いて出たのはお国言葉。

問答無用で退散させ、安堵した余りだったのだろう。

占春が揺さぶりをかけたのは、その時のことだった。

「各々方、何とか切り抜けられましたな」

「何じゃ、おはんか」

「大御隠居さぁの腰巾着が、おいどんらに何ば言いよる所存たい」

「ま、ま、話を聞いてくだされ」

いきり立つのを宥めつつ、占春は二人を物陰に誘う。

この二人――古賀と伊庭の本来の御役目は、高輪御殿の日々の暮らしに必要な品々を運ぶ船の監督である。

御役目の上で船蔵に出入りをするのも自由であり、同じ江戸常勤の藩士たちも抜け荷を働いているとは夢にも思っていなかった。

故に証拠の刀を持参の上で乗り込んだ十蔵と壮平を、慌てて追い帰したのだ。

黒幕の重豪を庇う忠義の一念あってのことではない。

古賀と伊庭は密命を帯びる立場となったを幸いに、重豪から命じられた以外の品を異国船から買い付けて、私腹を肥やしていたのである。

二人の買収に乗ったのは、前に手先としていた伴次も同じ。

後釜に据えた伴三はむしろ扱い難く、危ない橋を渡る見返りとして小金を得るより島津家に仕官がしたいと大真面目に願い出られるのが常だった。

その伴三が生け捕りにされたとは由々しきことだが、知らぬ存ぜぬで押し通すより他にあるまい。

しかし、それでは占春は安心できない。

最も危ない橋を渡っている重豪に、抜け荷を止めさせたいからだ。

占春の望みは御側仕えの学者として、島津の家中で腕を存分に振るうこと。

高輪御殿の警固役も命じられれば相務めるが、そろそろ学業に専念したい。

代々伝わる拳法の技を役に立てるのもやぶさかではなかったが、荒事はいい加減にしてもらいたい。

重豪が抜け荷さえ止めてくれれば万事が上手く行く。

故に伴三を黒船屋に乗り込ませ、相討ちになって果てるように仕組んだのだが結果は返り討ち、しかも生け捕りにされてしまった。

かくなる上は古賀と伊庭を我が身可愛さで動かして、勝手に始末をさせるまでだ。

「よろしいですかな、お二方」

占春は真面目な顔で説き聞かせた。

「口を封じなければならぬのは伴三だけではありません。カラン糖で評判の黒船屋を営むあるじと番頭、手代の三名。それに我ら島津に古来より楯突いて参った相良めの影姫も、まとめて始末をなさいませ……」

黙って耳を傾ける古賀と伊庭は、共に緊張を隠せぬ面持ち。

それでも保身を貫くためには費えを割いて手勢を集め、事を為すより他にはないと思い知らされていた。

五

長月も半ばに近くなると流石の残暑も鎮まり、秋の気配が深まってきた。

北町奉行所の同心部屋では、十蔵と壮平が語り合っている。

「壮さん、昨日は何の用向きで黒船町まで出向いたんだい？」

「我らが所望した装束のことだ。しかと水に潜らせて日に干すことを三日は繰り返すように言うて参った」

「それじゃ四日目の午には間に合うな」

「好天が続いておる故、大事あるまい」

二人は笑顔で頷き合った。

黒船屋の面々を見逃す代わりにカラン糖売りの衣装を二着用意させ、市中探索の変装に用いることは、すでに正道から許しを得ていた。

門三を奉行所内に引き入れて、正道と面会させた上のことである。

正道はカラン糖の一件を不問に付すに際し、新たな条件を門三に課していた。

大晦日に店を畳むのならばカラン糖を売り続けても差し支えないが、代わりに稼ぎの総額から半分を吐き出すように——と命じたのだ。

私腹を肥やすための話であれば、十蔵と壮平も認めはしなかっただろう。

しかし正道が思い立ったのは、門三らに罪を償わせることだった。

カラン糖となった黒砂糖は、元を正せば海賊一味の頭目だった伴次が根城の離れ島に隠し置き、門三らが持ち逃げしたものである。

その黒砂糖は琉球の民が汗水を流して育て上げ、収穫したものだ。薩摩藩に納める年貢となるはずだったのだ。

伴次の一味に奪われなければ産地の諸島から琉球の本島に運ばれ、薩摩藩に納める年貢となるはずだったのだ。

奪われた埋め合わせをするために、諸島の民は更なる労苦を課されたに違いない。

その苦労に報いるべく、正道は黒船屋から召し上げた稼ぎの半分を還元させようと思い立ったのだ。

と言っても、江戸に参府する琉球国王に渡すわけではない。

門三の話によると、黒砂糖を産する琉球の諸島には島津家から派遣された薩摩藩士だけではなく、琉球王府の役人も厳しい監視を敷いているという。島津家の要求に応じるためとはいえ、同じ琉球の民を苦しめて憚らずにいるのだ。

そこで正道が命じたのは、昔取った杵柄で監視を出し抜くことに慣れた門三らを諸島へ出向かせること。

現金では後から役人に見つかって取り上げられるため、島の暮らしに不足しがちな米や唐芋を買い付け、届けるように指図をしたのだ。

門三らは漁師あがりで船の扱いに慣れている。潮目を読んで波に乗り、琉球の本島から更に離れた島々を巡ることも可能であった。

この話には、伴三も一枚噛まされている。

島津家が罪を認めぬ限り、生き証人としての使い道はない。

もとより公に裁くのが憚られるため島津家とは裏で話を付け、抜け荷を止めさせることが叶えば幸いだったわけだが、門前払いをされては取り付く島もない。

そこで正道が考えたのは、伴三を黒船屋で働かせること。

若様に敗れて罪を認め、洗いざらい前科を吐いた潔さを認めての措置である。

「あのでかぶつ、存外に腐っちゃいねぇな」

「良くも悪くも一本気ということぞ」

十蔵と壮平も、もはや伴三に引導を渡すつもりはない。

同じ海賊でも亡き兄の伴次とは違って無闇に人を殺めず、沿岸の村を荒らすこともしない代わりに抜け荷で稼いでいたと知ったが故だ。

「北のお奉行もすっかり性根が改まったみてぇだな」

「まことだの」

十蔵と壮平は笑みを交わすと長火鉢から離れ、文机の前に膝を揃える。

廻方のまとめ役でもある隠密廻は、書類仕事もこなさなくてはならない。

今日も忙しくなりそうだった。

六

思わぬ事件が起きたのは、そんな最中のことだった。

菊細工の人形に擬せられた、若い男女の死体が発見されたのだ。

見つかったのは、菊の名所として知られる巣鴨村（すがもむら）。

折しも巣鴨村まで見廻りに出向いていて亡骸（なきがら）を発見した十蔵と壮平は、この事件の調べにかかりきりとなったのである。

とはいえ、黒船屋を野放しにはしておけない。

因果を含めてはあるものの、人の心は弱いもの。

十蔵と壮平が顔を見せなくなれば気が緩み、約束を守らずに江戸から逃げ出すかもしれない――。

「そういう次第なんだが引き受けてくれるかい？」

「心得ました」

十蔵と壮平の頼みを快諾（かいだく）した若様は、代わりに黒船屋の監視役を買って出る次第となった。

手代を装い、黒船屋に住み込んでのことである。

監視をするのは門三と作平、吉太の三人だけではない。

正道の慈悲により放免された伴三も、面倒を見なければならない。

「若様、お前さんは奇特な奴だなぁ」

「伴三さんこそ、よくぞ心を入れ替えましたね」

「俺は強えと認めた奴には従うのさね」

気負わず答える伴三は、手代らしく装いも改めていた。

商家の手代は小僧あがりの生え抜きに加えて、中途で採用される者も居る。

吉太を含めて三人に増えた手代の働きによって、カラン糖の売れ行きは更に増える運びとなった。

売り子による行商だけではなく、店先でも販売を始めたからだ。

こうなれば若様はかかりきりになる。

番外同心として担う探索御用は俊平と健作に任せたものの、菊千代の指南で清水家の屋敷に赴くことも疎かにはできない。

そこで名乗りを上げたのは柚香だった。

「その儀ならば任せてもらおう」

「構わぬのですか？」

「菊千代殿も懐いてくれておる故、大事はあるまい」

客を装って黒船屋を訪れた柚香は、今日も艶やかな女の装い。

恋敵のお陽が若様の行方を知らされていないのを幸いに、嬉々として想い人との話に花を咲かせていた。

七

更なる事件が起きたのは、柚香が代稽古の任を滞りなく終えた日のことだった。

若様も途中から加わると言ってはいたものの、商いが忙しすぎて抜け出せなかったようである。

日の沈んだ独りきりの帰り道、待ち伏せていたのは抜刀した武士の一団。

いつもの男装では欠かさず刀を帯びる柚香も、今は懐剣しか所持していない。

しかも覆面で顔を隠した武士たちは、剛直な剣術の遣い手揃いであった。

「ぬしゃ、野太刀流か！」

柚香が看破した一団の剣術は、島津家の当主が御流儀として代々学んだ示現流に連なる流派。伴三が島津家に仕官ができると思い込み、修行していた流派でもある。

戦国乱世から島津の家中に加わった薬丸(やくまる)家の当主が代々伝えた野太刀術を基とする一派だが、その存在は江戸はもとより九州の諸藩にも知られていない。

柚香が率いた相良忍群は隣接する薩摩藩との国境(くにざかい)を見張り、人吉藩領内に侵入した島津の密偵を斬り捨てる使命を古来より担ってきたため、敵方の内情にも自ずと詳しかったのだ。

とはいえ、直に対決するのは初めてだ。

まして刀がなくては心許ない。

「くっ」

腕に覚えの柚香も防戦一方。

このままでは後がない――。

そこに迫る足音が聞こえてきた。

「姫様!」

「姫様ーっ!」

流派を見破られたばかりか、加勢まで現れたとあっては分(ぶ)が悪い。

一団は柚香に向けた刀を納め、足早に立ち去った。

「ご無事ですと、姫様⁉」

無言で見送る柚香の許に白髪頭の男女が駆け付けた。

田代新兵衛と静江である。

「若様はどぎゃんしたとです？」

「お屋敷まで送り届けずに帰りよっとは、呆れたばい」

思わず声を荒らげる二人は若様と直に接し、ひとかどの青年と認めていた。

柚香の婿に相応しいと見なせばこそ、落ち度を咎めずにはいられないのだ。

「そこまでたい。若様んこつ悪う言うたら許さんとよ」

「姫様……」

怒りを帯びた一声に、新兵衛は押し黙る。

静江も持ち前の気の強さは何処へやら、すっかり青ざめていた。

翌日、柚香は黒船屋に顔を見せなかった。

気がかりな若様であったが、柚香が夜討ちをされたことも、新兵衛と静江の懇願を聞き入れて外出を控えたことも、知る由はない。

案じながらも商いに精を出している最中のことだった。

「おう、雁首（がんくび）ば揃えとっと」

白昼堂々乗り込んできたのは、頑健そうな武士の一団。

「チェイ！」

鋭い気合いを発しざま、鞘に納めたままの刀を振るう。

大男の伴三を真っ先に昏倒（こんとう）させるや門三と作平、吉太に加えて若様の身柄まで拘束したのは薩摩藩士の一団だ。

まとめて買い付けたカラン糖を積んでいると見せかけ、昏倒させた五人を大八車に積み込んだ一団は人目を憚ることなく、白昼の町中を進みゆく。

島津の家紋が入った幕を被せることで薩摩藩御用の荷を運んでいると装った、大胆不敵な犯行であった。

八

その夜、人吉藩下屋敷に矢文（やぶみ）が射ち込まれた。

「姫様？」

静江が気付いた時は遅く、男装に身を固めた柚香は密かに表へ抜け出した。

島津家は品川の近辺に、複数の蔵屋敷を所有している。

藩邸の暮らしを賄う物資を船で運び込むための備えであるが、抜け荷の温床とすることも容易い。

そんな蔵屋敷の一つで柚香を待っていたのは、二人の薩摩藩士――古賀と伊庭。

「よう来たな」

「流石は相良の影姫ばい」

嬉々として迎えた二人は、野太刀流を遣う一団を従えていた。

「国許で食い詰めとったんを呼び寄せといたんが、吉と出たばい」

うそぶく古賀の話によると、この一団は近思録崩れと呼ばれる御家騒動で島津家を追われた者たち。

いずれも身分は低いが腕の立つ、侮り難い者たちだ。

「相良は島津のお家ば仇敵。大御隠居さぁに詫びば入れる手土産にお誂え向きというもんたい」

伊庭の扇動に異を唱えることなく、一団はじりじりと間合いを詰めてくる。

日が沈んだ船着き場に来合わせる者は居ない。

今宵の柚香は刀を帯びている。

しかし、多勢に無勢なのは先夜と同じ。

柚香は孤立無援の戦いに、自ら身を投じてしまったのだ。

「…………」

迫る面々に一切の憐憫(れんびん)はない。

侮られてもいるのだろう。

幕府の御用で九州沿岸を監視しているものの、相良家は外様の小大名。

対する島津家は同じ外様大名ながら大藩の上、今では将軍家の親戚だ。

島津の家紋が入った船に対しては手を出せず、抜け荷を積んでいると分かっていても捕えることはできかねる。

しかも若様まで人質に取られてしまったのだ。

されど、柚香は手をこまねいてはいられない。

一度は助けた門三らを、見殺しにするわけにもいかなかった。

ここは死中に活を見出す一念で、斬り破るのみ――。

「そこまでです」

柚香が覚悟を決めた時、頼もしい声が柚香の耳朶(じだ)を打つ。

いつの間に縛めを解いたのか。
「あんな縄をちぎるぐれぇは朝飯前よ」
続いて現れた伴三は刀を抜かせる間も与えず、古賀を大きな拳で叩きのめした。
「チェイ」
負けじと抜刀した伊庭の一刀をかわしざま、若様の鉄拳が急所を打つ。
屈強な一団に動揺が走った。
若様たちはわざと捕えられたのだ。
今まで抵抗せずにいたのは、こちらの全貌を摑むため。
気付いた時には、もう遅い。
若様は紛うことなき手練であった。
鋭い気合いと共に斬り付けるのを恐れることなく、近間へ踏み込む動きは機敏。
力(りき)みなく体を捌いていながらも、振るう拳は力強い。
最後の一人が声も無く、若様の前に倒れた。
「さ、帰りましょう」
若様に手を取られ、柚香は戦いの場を後にする。
男の形をしていても、恥じらう様は恋する女人そのものだった。

九

「もとより与り知らぬことなれど、裁きは当家にて執り行おうぞ」

「……されば、よしなに」

「備後守、大儀」

正道から引き渡された一同を、重豪は死罪に処した。

島津家に限らず諸国の大名は、家中で罪を犯した者を独自に処断することを認められている。国許に限らず江戸においても、屋敷内は治外法権だ。

古賀と伊庭も切腹を許されず、首を打たれることとなった。

首打ち役を仰せつかったのは、高輪御殿詰めの若い藩士。

重豪が昨年に国許へ戻った折に目に留まり、江戸詰めに抜擢(ばってき)された青年だ。

「おのれ西垣(にしがき)っ」

「裏切りもんが！」

口々に罵るのを意に介さず、吾郎(ごろう)は次々に首を打つ。

小柄で細身だが、引き締まった体の捌きには力みが無い。

体つきばかりか落ち着いた雰囲気も、若様とよく似ていた。

役目を果たした西垣吾郎は身を清め、独り静かに想いを巡らせる。

薬丸家伝来の野太刀流は、このところ家中での立場が弱い。

現宗家の薬丸兼武（かねたけ）が島津家御流儀の示現流を差し置き、増長していると見なされたが故だった。

かの近思録崩れに連座して、吾郎の一族も処分を受けている。

末っ子の吾郎は本来ならば出世を果たすどころか、家督を継ぐのもままならぬ身であった。

剣しか能のない身を取り立ててくれた重豪には、ただただ感謝をするばかり。

しかし、吾郎はまだ知らない。

主君に重く用いられるのは、善きことばかりではないことを。

「大儀であったな、おぬし」

労をねぎらう御側仕えで一の忠臣——曾占春の笑顔の裏に潜んだ敵愾心（てきがいしん）も、見抜くことができずにいた。

第五章　南の隠密廻は

一

文化九年の長月も末に至っていた。

洋暦で十一月に入った華のお江戸では、木の葉が鮮やかに色づいてきた。

同心の組屋敷は与力より手狭だが、庭木の一本ぐらいはあるものだ。

南町奉行所に代々勤める江戸川と尾久の両家にも、跡取り息子の生まれた月に植樹した木蓮(もくれん)の一木(いちぼく)がある。

日の本に古来に伝来して根付いた木蓮は、紫の色鮮やかな花を咲かせて春の訪れを告げる落葉樹だ。手狭ながらも日当たりの良い庭にしっかりと根付き、いずれ劣らぬ長身に育った息子たちをも凌ぐ勢いで、ぐんぐん伸びゆく様は頼もしかった。

高く伸びる質でありながら繊細で、雑に剪定(せんてい)すると花芽は付かない。

そんなところも似ていると、家族ぐるみで付き合いの深い一同は笑ったものだ。

時が経つのは早いもので、両家の木蓮は今年で揃って三十年。

隣同士で年を重ねた息子たちは、未だに時が止まったままであった――。

二

木蓮の一木が板塀の向こうに見える江戸川と尾久の両家は隣同士である。

同心の組屋敷は門構えとは名ばかりの簡素な木戸から出入りをするため、表に出た途端に隣人と顔を合わせるのもしばしばだ。

「どちらへお出でになりますの、花世(はなよ)様？」

呼び止められて振り向いた尾久家の御新造(ごしんぞう)は引き眉にして鉄漿(おはぐろ)を差した、三十手前と思(おぼ)しき中年増(ちゅうどしま)。丸顔で色が白く、体つきはふっくらしている。

剃った上から眉を引き、鉄漿で歯を黒くするのは奇を衒(てら)ったことではなく、赤子を産んで脆くなった歯を守る備えだ。

「嫌ですよう、ご覧になれば分かるでしょ」

答える声は存外に若々しく、丸顔に浮かべた笑みは愛嬌もたっぷり。

仮にも武家でありながら市井（しせい）に通じた町方同心の妻女らしい女人だが、愛想のよさの裏には隠しきれない疲れが見て取れた。

それは花世を呼び止めた、江戸川家の御新造も同じであった。

「繭美（まゆみ）様こそ、どちらさまへ？」

「お祭しのとおりにございます……」

緑の黒髪が瓜実顔（うりざねがお）に映える繭美は雅（みやび）な名前に恥じぬ佳人（かじん）ながら、幸の薄さが勝（まさ）った雰囲気である。

父親は京の都の貧乏公家で、行き詰まった父親に因果を含められて身売りをしそうになったのを、御用で都に上っていた夫の江戸川芳之進（よしのしん）に救われた。

江戸生まれの江戸育ちである花世の父親も赤貧（せきひん）に負けて借金を重ね、娘を売り飛ばそうとしたのは同じこと。

返しきれなくなった利息の穴埋めに連れて行かれそうになったのを夫の尾久涼介（りょうすけ）に助けられ、嫁に迎えられたのだ。

外見こそ真逆ながら共に幸薄い二人には、五年前から夫が居ない。

未だ捕まらぬ賊の手に掛かり、芳之進と涼介は膾（なます）斬りにされたのだ。

江戸川と尾久の両家は代々に亘り、南町奉行所で隠密廻を務めてきた。

町方役人は与力も同心も表向きは一代限りだが、実のところは御役目を親から子へ家督と共に受け継ぐことを認められた家が多い。町方の御用は内勤と外勤のいずれも長い経験が必要とされており、見習いとして出仕させた跡取り息子を父親が教え導かなければ役には立たないからだ。

事件の探索に専従する廻方は特に熟練を要するが、とりわけ隠密廻は姿形を巧みに変えて市井に紛れ込み、持ち場に関わりなく探索を行う至難の御役目。与力が居ない廻方で同心たちの束ね役も兼ねるため、古参でなければ全うできない。

決まった持ち場を見廻る定廻は黄八丈に黒紋付を重ねて大小の二刀を帯び、巻羽織にした姿で目立つことが悪党どもを牽制し、犯罪の抑止に繋がる。

定廻を経験した同心が任じられる臨時廻も立場こそ遊軍となるものの、一目で廻方と分かる身なりに物を言わせるのは変わらない。

芳之進と涼介は共に父親の御役目を手伝いながら定廻同心として精勤し、一人前の隠密廻となることを目指していた。繁多な御用にかまけて夫婦仲を疎かにすることもなく、花世も繭美も同じ年に子宝にも恵まれた。

しかし、愛する夫はもう居ない。

年が明ければ七回忌だが、何年経とうと忘れられまい。

二人の父親である古五郎と範太も、未だ無念が失せてはいなかった。

大事な跡取り息子を無残に殺した外道どもを、御縄にせずにはいられない——。

「……尾久様はお出かけですの？」

そんな決意を知らぬ繭美が、声を潜めて問いかけた。

「……江戸川様と一緒でしょ」

答える花世も、高い地声を抑えることを忘れない。

南町奉行所の隠密廻は、未だ江戸川古五郎と尾久範太の同心二名が務めていることになっている。

しかし二人は五年前から、一度も出仕に及んでいなかった。

隠密廻の御役目をそっちのけにして、息子たちの仇を追っているわけではない。

気持ちの上ではそうしたくても、ままならぬ有り様なのだ。

「…………」

「…………」

繭美と花世は肩を並べ、八丁堀の通りを歩いていく。

風呂敷に包んで抱えているのは、手元に残った最後の着物。

この一着を質に入れ、利息を払えずに流してしまえば後がない。

少しでも値打ちがありそうな品はことごとく質屋に預け、あるいは古道具屋に売り払った後である。

大した値はつかなかったが、夫たちの遺品の刀と脇差も金に換えた。

南のお奉行は古五郎と範太が出仕できないにも拘わらず、三十俵二人扶持の俸禄を支給し続けてくれている。

町方与力と同心の俸禄を管理するのは南北の町奉行。

組屋敷の割り振りも町奉行が管轄しており、入居も退去も一存で決まるため、目付筋に暴かれぬ限りは露見することもない。

にも拘わらず江戸川家と尾久家が窮乏しているのは、古五郎と範太が傷めた足腰の治療に費えがかかるため。五年前に芳之進と涼介が嬲り殺しにされたのと同じ夜に別の一隊が古五郎と範太の許に差し向けられ、返り討ちにした際に傷めたのだ。

人の五体を動かす機能については、日の本はもとより異国の医学を以てしても未だ明らかにはされていない。

打ち付けた腰の痛みが抜け、折れた足の骨が繋がっても、肝心な脳と神経の繋がりが切れたままでは話にならない。天翔ける勢いで駆け走るどころか、のろのろと歩くことさえままならぬのだ。

これでは俸禄のほとんどを費やしてまで、治療を続けた甲斐がない。

町方同心は御家人格で蔵米取り(くらまいと)だ。

三十俵二人扶持の俸禄は年に三度ずつ、蔵前の御米蔵から受け取る仕組み。

俵に詰められた米は必要に応じて換金し、残るは自家用の生米だ。

来る大つごもりには南のお奉行も堪忍袋の緒が切れて、古五郎と範太は御役御免にされてしまうのか。

慣れ親しんで久しい住まいから、追い出されてしまうのか。

第一、いつまで食いつなぐことが叶うのか——。

三

千代田の御城の内堀に沿って植えられた黒松は、御囲い松(おかこいまつ)とも呼ばれる。

黒松は針葉樹であるために紅葉も落葉もしないが、曲輪内の御庭の木々は赤や黄に様変わりし、穏やかに吹き寄せる風の音も、上つ方(うえつかた)の耳目(じもく)を楽しませる。

しかし、子どもはそれだけでは物足りない。

「わぁい」

邦丸が築山を駆け登っていく。

暑い盛りは草いきれがした芝も秋が深まり、程よく茶色みを帯びていた。

長月九日の重陽を過ぎれば、大人も子どもも足袋を履く。

暮らし向きに余裕のない市井の民、とりわけ幼子は季節の別なく裸足で過ごすことしか知らぬが、乳母日傘で育てられた大名の子息にとっては当たり前。

由緒正しき名家をいずれ継ぐことを約束され、将軍家の姫君との婚約まで決まった邦丸ならば尚のことだ。

「気を付けよ」

注意を与えたのは重豪だ。

曾孫の後から歩みを進める、島津の大殿の足の運びは慎重。

斜面と呼べぬほどなだらかとはいえ、油断すれば足を滑らせかねないと自重するが故である。

幼い頃は虚弱だった体を馬術で鍛えて騎射の技量も会得した重豪は、薩摩七十七万石を治める多忙な日々の合間を縫って山野を駆け、丈夫な体を手に入れた。

老いても壮健ではあるものの、慢心はしていない。

先が楽しみな曾孫を後見する身が足を滑らせてしまっては、面目が立つまい。

楽しみながらも慎重に、曾祖父と曾孫の二人連れは築山の頂上に辿り着いた。

「わぁ……」

「良き眺めだのう」

無邪気に声を上げる邦丸の肩に手を置き、重豪は微笑んだ。

ここは千代田の御城の吹上御庭。

御城の北西に広がる、十三万坪余りの広大な地だ。

かつては御三家をはじめとする徳川縁故の諸大名の屋敷地だったのが、明暦の大火で被災して次々に移転。残された広大な地を火除地としていたのを活用すべく、歴代の将軍が整備させて完成に至った。

御庭番衆が表の御役目で管理している庭木と花壇は手入れが行き届き、重豪と邦丸が登った築山に加えて泉水と滝、丹頂鶴や孔雀などを養う鳥小屋もある。

散策を楽しみながら一服できる茶屋を各所に配する一方、馬術に弓術、砲術の稽古場に土俵まで設けられ、将軍が臨席しての武芸上覧がしばしば催される。

六代将軍の家宣が庭園として充実させることに重きを置いたのに対し、八代将軍となった吉宗は余った土地を耕させて唐芋を植え、庭木の中でも栗の木を大事にした。

風光明媚な庭園の地続きに芋が育ち、栗が実る田園を拓いたのだ。

その吉宗の曾孫として生を受けた十一代将軍の家斉は、二人の先達が遺したものを等しく好む。

家宣が愛した庭園を楽しみつつ、吉宗が力を注いだ田園が荒れぬように手を入れることを怠らないのだ。

「……邦丸」

「はい、おじいさま」

「おぬしの伯父御となられる上様は、見習うべき点の多き御方じゃ。いずれ御目見が叶う折に備え、しかと己を磨いておくのだぞ」

「しかとはげみまする！」

敬愛する曾祖父の言葉を受け、邦丸は元気に答えた。

幼子には難しい言い回しだが、意味は通じたようである。

やはり邦丸は出来た子だ。

不出来な倅と孫を退けて、島津家の当主とするのに相応しい。

世子と定めたことに異を唱える者は許さない。

老骨に鞭打って万難を排し、薩摩七十七万石を継がせてやるのだ――。

四

「ちと道草が長うなったの。そろそろ参るぞ」

重豪は先に立ち、築山を下り始めた。

眼下に見える瓦葺きの建物は、吹上奉行所。

御庭の全体を管理する吹上奉行が、配下の諸役と共に執務する役所だ。

並びに設けられた馬場と弓場の稽古場にして、鍛えた技を披露する演武の場。

馬場と弓場の全体が見て取れる上覧所は、将軍のための特等席である。

弓場では若い面々が矢をつがえ、打ち放っている最中だった。

「おじいさま、あのものたちはなんですか?」

「ふむ、旗本の部屋住みだの」

「へやずみ、ですか?」

「平たく申さば穀潰しじゃ」

「むだめしぐいということですね」

理解の速い幼子であった。

数えで四つの邦丸が生まれたのは、文化六年（一八〇九）の長月二十八日。満で三つになったばかりと思えぬ聡明さは重豪と日頃から親しく接し、様々な話を聞かされてきた賜物だ。

綴るのは漢字はもとより仮名であっても難しかろうが、耳に入ってくる言葉の意味は幼いなりに分かっている。

我が曾孫ながら、誇らしいことである。

なればこそ、悪しき見本を示すことにも意味があるのだ。

「邦丸、あやつのどこが悪いのか分かるかの」

「いやしげなところ、でしょうか」

「それもそうだが、度し難いのは右手勝りであることじゃ」

「どしがたい……みぎて……まさり？」

「今は知らずとも苦しゅうない。いずれ剣の稽古を始める年となった折に、しかと教えてつかわすからの」

「かたじけのうぞんじまするぅ」

「愛い奴だのう」

返事が舌っ足らずになったところに子どもらしさを覚え、重豪は笑み崩れた。

「……それにしても拙きことぞ」

指摘したとおり、弓場で矢を射る男の動きはぎこちない。

武家では右手を『めて』、左手を『ゆんで』と呼ぶ。

この『ゆんで』に漢字を当てはめた表記は弓手、つまり弓を取る手だ。

刀は右手で鞘から抜き打ち、弓は左手で取って的を射貫く。

矢をつがえ、弦を引くのは右手だが、主となるのはあくまで左。

刀を抜き打つ際に重要なのも左手だ。

抜き打ちは、鯉口近くを握った鞘を引くことによって完成される技だからだ。

「刀捌きも、さぞ無様なのであろうよ」

重豪のつぶやきは正鵠を射た指摘であった。

御公儀が定寸と称し、現役の武士が御役目の上で腰にする刀の標準と定めた刃長は二尺三寸五分（約七〇・五センチ）から二尺四寸（約七二センチ）。

元服の儀を行い、二本差しとなったばかりの男子の身の丈は、概ね五尺（約一五〇センチ）といったところだ。

刃長が体に合っている刀の目安は、身の丈から三尺（約九〇センチ）を引いたものとされている。左手による鞘引きが身に付けば長くなっても問題はないが、それまで脇差しか腰にしていなかった身で定寸刀は手に余る。

刀は右手だけで強いて抜こうとすれば前にのめって体の軸が崩れ、自ら隙を作ってしまう羽目となる。

慣れるまでは一苦労だが、これはあくまで剣術の技量を問われる以前のことだ。

まして、右手勝りの悪癖が抜けぬようでは——。

「旗本の質は落ちる一方だのう」

重豪を呆れさせた若い旗本は、遠目にも長身の美丈夫（びじょうふ）と見て取れた。

体格に恵まれ、顔立ちも整っている。

吹上御庭の稽古場に出入りを許されたということは、旗本としてはそれなりに格の高い親の元に生まれたのだろう。

あれほどの男ぶりならば、剣術どころか刀の抜き差しさえ身に付いていないとしても障りはない。泰平の世で刀を抜く折など皆無に等しく、錆（さ）びぬように施す手入れも家臣にさせればよいからだ。

島津の家中であれば許されまいが、将軍家の御直参はそれで済む。

稀なる堅物であった松平越中守定信（えっちゅうのかみさだのぶ）が老中首座を務めていた当時は些細な落ち度も切腹に処される理由とされたものだが、今の旗本は気楽なものだ。

醒めた面持ちになった重豪の視線の先で、若い旗本は踵を返した。

下手くそな上に根気も乏しいようでは、上達は望めまい——。

「おじいさま？」

邦丸が心配そうに問うてきた。

「相すまぬな。そろそろ参るぞ」

笑顔で応じた重豪は、先に立って築山を下っていく。

これ以上、悪しき見本に目を向けさせてはならない。

重豪が登城した目的は、邦丸に吹上御庭を散策させることではない。

用があるのは、広い御庭を抜けた先の一橋屋敷。

私的な抜け荷を続けることが難しくなったと、治済に伝えるためだ。

こちらの落ち度であるだけに、真っ直ぐ向かうのは気が重かった。

故に吹上御庭に立ち寄ったのだが、まだ気が晴れるには至らない。

「邦丸」

「はい、おじいさま」

「次は良き手本をおぬしに見せてつかわそう」

「よきみほん、ですか？」

「うむ。稀なる拳法の手練じゃ」

「けんぽう……」

邦丸には思い当たる節があったらしい。

「せんせいとおなじわざですね」

「……曾占春のことかの」

「はい！」

「……あやつとは別物ぞ」

答える重豪は渋い顔。

わざと背を向けたままにして、邦丸に表情を見せようとはしなかった。

五

吹上御庭を横切って、重豪が向かった先は清水屋敷。

一橋、そして田安(たやす)の両家と共に徳川御三卿と呼ばれる清水家の邸宅だ。

三代目となる当主の名前は、徳川菊千代。

未だ数え十二の少年だ。

家斉の七男で、重豪にとっては孫の一人。

生みの母は側室のお登勢の方で、奇しくも重豪の側室と同じ名前ながら、もとより血は繋がっていなかった。

はきはきとしていて活発なところが好もしく、義理でも孫だけに可愛くはあったが邦丸に注ぐ愛情とは比べるべくもない。

しかし邦丸は、菊千代を好いているようだ。

「おじいさまは、きくにいさまにあうためにとじょうなさったのですね！」

「訪ね参るが会いはせぬぞ。稽古の最中に声をかければ気を削いでしまう故な」

「おけいこ……」

邦丸はつぶやきながらも、訳が分からぬ様子である。

「知らなんだのか、おぬし」

清水屋敷の表門を目前にして、重豪は歩みを止めた。

「実はの、かねてより菊千代は拳法の修行をしておるのじゃ」

「けんぽうを？」

「左様。しかも指南をしておるのは、若うして稀なる手練ぞ」

「そうせんせいよりつよいひとなのですね！」

邦丸のあどけない顔が期待に輝く。

重豪の褒めそやすような口ぶりで察しがついたらしい。

思惑どおりの反応に莞爾と微笑み、重豪は前に踏み出した。

「ひえっ……」

「し、島津の大殿様⁉」

羽織袴姿で現れた重豪に、門番の二人組は慌てふためいた。

高輪下馬将軍の異名を持つ重豪の威光は伊達ではない。

供を連れずにお忍びで現れたのを目の当たりにして、驚くのも無理はなかった。

「大事ない。可愛い孫の腕前を見とうてな、ちと寄ってみただけじゃ」

「ま、まことでございまするか」

「ただし取り次ぎは無用であるぞ。本日も無二念で取り組んでおるであろうに、気を削いでは相ならぬからの。そのほうらも静かにしておれ」

「ははーっ」

「しかと心得つかまつりまするーっ」

「苦しゅうない。されば通るぞ」

邦丸が得心したのと同じ手で、重豪は門番たちを黙らせた。

六

清水屋敷の中庭に裸足で立った菊千代は丸顔を汗まみれにさせながら、激しい気迫を漲らせていた。

今し方まで若様と組手をしていたらしい。

稽古着も汗で濡れており、踏ん張る足が震えている。

拳法が力押しで攻める術に非ざることは、重豪も承知していた。

拳法は人の命を無闇に奪わない。

力みを抜いて軽やかに体を捌き、人体の急所を一撃して制するが本領――。

重豪の侍医にして記室を務める、曾占春から聞かされた話だ。

その占春は一度ならず、人の命を奪っている。

やはり若様とは違うのだ。

若様は武装した敵の一隊を素手で打ち倒しても、命までは奪わない。

しかし、占春は違う。

学問と共に修めた拳法は唐土渡り。

祖先が日の本に帰化する前から代々に亘って伝承してきた技は、文人たちが我が身を護るために身に付けたという。

そんな由来こそ真っ当ながら重豪が未だ快く思えずにいるのは、占春の拳法が暗器と呼ばれる隠し武器を切り札とすることだ。

持ち歩いても得物と思えぬ暗器が、護身の役に立つのは事実。

しかし、それも使い方次第である。

占春は得物の暗器で狙った相手を人知れず仕留めることに長けている。

重豪は占春を側仕えとして重く用い、高い学識を評価する一方で、島津家の実権を握り続けることに異を唱える者たちを、密かに排除させてきた。

先だっての近思録崩れのような由々しき事態が出来すれば罪に問い、刑に処すことも可能となる。

しかし、獅子身中の虫を表立って退治するのは難しい。

強権を発動しての粛清は、要らざる反感を買う理由となるからだ。

長きに亘って薩摩七十七万石を治めてきた重豪であるが、家中の全ての者から支持を集めるには至っていない。

異国について見識を深めるために値を惜しまぬ重豪の信条に理解を示さず、表向きは褒めそやしておきながら裏で蘭癖大名と謗る。

左様な輩を消し去る上で、占春はよく働いた。

これから先も、手を借りる必要は生じることだろう。

忌むべき技と分かっていても、使役せずにはいられない。

だが、本来の拳法は違うはず。

達磨大師が彼の国の少林寺に伝えた拳法は印度において、修行僧が命を狙ってきた仏敵を打ち倒す、護身の術だったのではないか——と解釈した説がある。

あの若様という、決して人を殺めぬ青年の技にも言えることだ。

なればこそ、邦丸に見取りをさせてやりたい。

占春の悪しき技に抱いた関心を上回る印象を与えてやってほしいのだ。

邦丸は息を殺しながらも目を輝かせ、菊千代を見守っている。

重豪は若様に視線を凝らし、その一挙手一投足を追っていた。

それにしても、菊千代は見上げたものだ。

しばらく見ぬ間に体のみならず、心も強くなっていた。

「い……いま一度お願いします」

「心得ました」

よろめきながらも食い下がった菊千代に、若様は笑顔で告げる。

「いま一度。良き言葉ですね」

「私も左様に思います」

「その意気ならば必ずや、更なる高みに達することが叶いましょう」

「まことですか？」

「さ、いま一度」

「はい、先生！」

師弟の組手が再び始まる。

釘付けになった邦丸の傍らで、重豪も熱い眼差しを向けていた。

七

南北の町奉行は下城の道すがら、久方ぶりに遅い中食を共にしていた。

「備後守、こたびも大儀であったの」

「肥前守殿こそ、真にご雑作をおかけ申した」

島津家との一件の労をねぎらう鎮衛に、正道は謝意を込めて酌をする。

鎮衛は貫禄の溢れる顔を綻ばせ、般若湯を一息に乾した。

空にした杯を膳に置き、さりげなく問いかける。

「ところで備後守、こたびの捕物はどうであった」

「……若様と相良の影姫には申し訳なき次第にござり申す」

答える正道は忸怩たる面持ち。

肉付きの良い顔に生じた翳り(かげ)が、偽りなき慙愧(ざんき)の念を感じさせた。

「変わったのう、おぬし」

「左様にござるか」

「以前のおぬしは誰であれ、使い潰しにするのを顧(かえり)みなんだではないか」

「己が利を得んがために悪しき所業を懲りずに重ね参りし段、今は恥じ入るばかりにござり申す」

「その心がけは殊勝なれど、気に病むには及ばぬぞ」

「お言葉なれど肥前守殿、身共はあの両人に」

「抜き差しならぬ修羅場を共に潜らせ、絆を深めてやったのであろう？」

「左様に言うてくださると、かえって恥ずかしゅうなり申す」

「気を取り直して、おぬしも呑め」

「頂戴つかまつる」

杯を交わす二人に供された本日の膳は、常にも増して華やかである。

先付けは米粉にこんにゃく粉を混ぜることで弾力を持たせた車海老もどきの唐揚げに銀杏の串焼き。ぬめりを丹念に落とした里芋の白煮には獅子唐を添えて。

松茸の吸い物と飛龍頭の煮物は、いずれも銀杏入りである。

焼き物は松茸を惜しまずに用い、精進揚げは唐茄子と蓮根に刻み人参。

卵を豆腐に換えた茶碗蒸しに、留め椀はなめこ汁。

栗ご飯に添えられた香の物のべったら漬けは、一月早い味わいだ。

華のお江戸でべったら漬けといえば、明くる神無月に芝神明宮で十日に亘って催され、だらだら祭りと呼ばれて親しまれる例祭の露店で一斉に売り出される。

練馬一帯の農村で祭りに合わせて仕込み、大樽ごと荷車に積んで運ばれて来るのは甘みと水気の増した冬大根だが、鎮衛と正道が供されたのは住職が手ずから漬けた秋大根。甘みの強さを好む向きには物足りぬかもしれないが、齢を重ねた二人の舌には十分である。

締めの水菓子は、しゃきっとした歯ざわりも堪らぬ柿だった。

「美味かったのう」

「左様にござるな」

鎮衛の笑顔に応じ、正道は福々しい顔を更に綻ばせた。

「今日は多めに心づけを弾まねばなりますまい」

「いや、それには及ばぬぞ」

「されど、これでは実入りが少のうござろう？」

正道が危惧するのも無理はなかった。

魚を含めた生臭物を排し、天然自然の素材のみを用いる精進料理にも、少なからず元手が掛かっている。

山里ならば労さえ厭わなければ自ら集め、私有の山でも地主の人柄が良ければ立ち入りを認められ、採ることを許される。

そんな山に開いた寺ならば茸に山菜、自然薯などの寄進が引きも切らず、わざわざ採りに赴くまでもないだろう。

しかし、この寺があるのは江戸市中。

それでいて門前に市が立って賑わうことのない貧乏寺だ。

昔取った杵柄の料理の腕ばかりか男気まで発揮して、歓待されるのは有難い。

されど、理由もなしに饗応は受けられない。

かつて賄賂三昧だった正道も考えを改めて、今は真っ当に生きる身だ。なればこそ、ふさわしい対価を支払いたい。

正道の不安を掻き消したのは、鎮衛の微笑交じりの言葉であった。

「本日の膳はおぬしの祝いに腕を振るうたと、住職が申しておった」

「まことにござるか?」

「下馬将軍に一矢報いたことまでは与り知らずとも、おぬしの采配で北町の働きぶりが良うなったことは、住職に限らず市中の民の多くが知るに及んでおるからの」

「身共はただ、為すべきことをやっておるだけにござり申す」

「それが答えぞ、備後守」

「肥前守殿……」

「向後もその身を慎みて、しかと御役に励むことだの」

「心得申した」

正道は気負うことなく答えていた。

「このところそれがしはいま一度、若かった頃に立ち戻ったつもりで参り申す」

「どういうことじゃ」

「評定所にて御用に勤しんでおった時分にござる」

「良き答えだが、二度まで体を損ねる無理はいかんぞ」

「重ねて心得申した」

破顔一笑した鎮衛を前にして、正道も微笑んでいた。

八

「これはいいな、範さん」

「何事も試してみるものだな」

西日が照らす大川堤を、二人の老いた男が歩いていた。

共に杖を突いている。

両手に一本ずつ持つことで、意のままに動かぬ足を補っていた。

「お互いに家族に無理をさせちまったが、何とか幕を上げられそうだな」

「さもなくば、五年の時と費えをどぶに捨てたも同じぞ」

「そんな勿体ないことはしちゃならねぇよ。出来た嫁さんのためにも……な」

「繭美殿は見上げた嫁御ぞ」

「範さん家の花世さんも、大したものだよ」

「お互いに恵まれたな」

「可愛い孫も授かってくれたしな」

「そのことで、おぬしに話がある」

「どうした、範さん？」

一人の男が立ち止まった。

二本の杖を器用に用い、足の負担を減じている。

範さんと呼ばれた連れの男も、同じように立ち止まる。

暮れなずむ土手道に来合わせる者は居なかった。

「江戸川、我らの間に二言はあるまいな？」

「その言葉、ずいぶん昔に初めて言われた覚えがあるな」

「共に芸者を装うて、上つ方の奸計を暴いた折であろう」

「白河の楽翁様が、まだ老中だった頃だな」

「そうだ。御畏れながら上様が右も左も御存じなく、楽翁――松平越中守様のご政道に頼りきっておられた時分だ」

「俺たちが体を張った甲斐もあったな」

「まことだな」

「で、どうしてあの頃と同じ言葉を？」

「あれほどの覚悟がなくば、我らの意趣返しは叶うまい」

「そういうことかい。俺も察しが悪くなったな」

その男——江戸川古五郎は苦笑した。

すぐに苦笑いを引っ込め、連れの男に向かって告げる。

「念を押すには及ばんよ範さん。決めたからにはやり抜くのみだ」

「右に同じぞ」

頷く男は尾久範太。

五年前まで南町奉行所の隠密廻として御用に勤しみ、あの『北町の爺様』こと八森十蔵と和田壮平を相手に張り合っていた腕利きだ。

そんな二人が五年に亘り、亡き息子の妻女の苦労に気付いていながら我が身の治療を第一に過ごしてきたのは、許せぬ仇に挑むため。

「次の考えどころは、可愛い嫁と孫の行く末だぜ」

「うむ」

「向こうから縁切りをされて当たり前なのに、こっちから申し出るってのもおかしなことだけどな」

「世間は左様に見なすであろう。この五年、我らはいい年をした穀潰しであったのだからな」

「その甲斐あって、ここまで動けるようになったんだ。範さんが考えた二本杖もあることだし、きっと上手くいくさね」

「本懐を遂げた後に潔う、我が身を処することも忘れてはなるまいぞ」

「となれば、孫可愛がりを思いっきりしなくちゃな」

「当然ぞ」

「後のことを思えば胸も痛むが、俺たちに二言はないからな」

「あやつは必ずや江戸に舞い戻る……北はもとより南にも、渡しては相ならぬ」

「俺たちの手で引導を渡してやらにゃ、倅どもも成仏できまいよ」

「されば帰るか、江戸川」

「ああ」

白髪頭の男たちは頷き合うと、再び土手道を進みゆく。

夕日の差し始めた秋空の下、八丁堀への戻り路を辿っていく。

江戸川古五郎と尾久範太。

その目的は大事な一人息子を惨殺された、五年前の事件の意趣返し。

南町奉行所の隠密廻同心としての立場を自ら捨て去り、我が子を空しくされた父親として、命懸けで事をなす決意を固めていた。

第六章　意趣を返す

一

江戸川古五郎と尾久範太が歩みを進める内に日は沈み、夜の帳（とばり）が下りた。
杖を突いて進みゆく足の運びに危なげはない。
それもそのはずだった。
二人が手にした杖は、そこらで手に入る代物とは違う。
考案した範太が自ら筆を執って絵図を描き起こし、職人に拵えさせた特注品だ。
二本で一組になっており、両の手で一本ずつ用いるところが、まずは目を惹く。
「ほんとに範さんは玄人（くろうと）はだしだな」
新大橋（しんおおはし）を渡り切った古五郎が、感心しきりでつぶやいた。

「傍目にはちょいと変わった形の杖にしか見えねぇだろうが、この仕掛け杖の真髄はお前さんが仕込んでくれた『あれ』だからな……」

「気を付けろ、江戸川」

対する範太は、にこりともしていない。

「壁に耳あり障子に目ありの譬えに則し、大事なことをみだりに口に上せることは相ならぬ。幼少の頃より幾度となく言い聞かせてきたのを忘れたか」

「分かってらぁな。俺たちゃ隣同士で生まれた時からの付き合いだからな」

「ならば大人しゅう口を閉じ、歩くことのみに専心せい」

「その歩くのが黙ったままじゃ大儀なんだよ。範さんだって同じだろ？」

「見くびるでない。おぬしと共に見習い同心から始めて四十年、江戸市中はもとより必要あらば街道筋まで足を延ばして鍛えし体ぞ」

「父親のお前さんに似て、倅の涼介も健脚だったよなぁ」

「それはおぬしの倅の芳之進も同じであろう。先頃にご隠居なされし松平越中守様が老中首座であられし頃に立ち合いの見取りをなされ、親子揃うて町方にしておくのは惜しい剣の手練と、お褒めに与ったではないか」

「ああ、そんなこともあったたな」

「あの折と同じく、素っ気ない口ぶりをしておるな」

「そりゃそうさね。初めは乗り気じゃなかった芳の野郎がようやっと剣客気取りから町方の御用一筋になってたとこに、余計な水を差されたんだからよ」

「たしかに、芳之進はあれからご老中……今は楽翁と名乗られし越中守様の仕官のお誘いに迷いて、御用に熱が入っておらなんだな」

「おかげで鍛え直すのに苦労をしたぜ」

「その節は大儀であったな。したが、今は私の苦言を聞くのが先ぞ」

「まだ説教をするつもりかい？」

「やはり昔話を持ち出したのは、話をはぐらかそうとしてのことだったか」

「流石は範さん、がきの頃から鋭えや」

「おぬしの大雑把なところも、幼き頃から同じであるぞ」

「お前さんこそ、口うるせぇとこは変わっちゃいねぇな」

「さもあろう。その杖は我らにとっては足腰を補うだけの道具に非ず、本懐を遂げるための切り札なのだ」

前後になって進みながら、古五郎の背中に向かって告げる範太の声は低い。

「分かってらぁな範さん。安心して任せてくんな」

明るく請け合う古五郎の態度は陽気そのもの。

「ならばよい」

生まれた時からの付き合いである古五郎の明るさに釣られたかの如く、範太も皺の目立つ顔を綻ばせた。

二人が用いる揃いの杖は、たしかに変わったものだった。

握りの部分に横向きにした棒が取り付けられており、脇の下に挟むことによって体を支えるのが可能な造りになっている。

譬えは悪いが咎人を磔に処する際、立たせる台に似た形だ。

後の世の松葉杖と違って握りの部分が設けられていないため、脇に掻い込む際に肘を後ろに突き出さねばならず、杖そのものの持ち方にも工夫を要した。

そんな手間を要する点も、古五郎は前向きに捉えているようである。

「範さん、こいつぁ手の内を練る役にも立つみてぇだ」

「まことか、江戸川?」

説教をしていた時と一転し、範太は声を上ずらせた。

「ははっ、この杖を作らせた当人が驚いてちゃ世話ねぇや」

明るく微笑む古五郎は杖の握りに下から手を這わせ、指を絡めるようにしている。

たしかに手の内と呼ばれる、刀の扱いと同じ要領だ。

古五郎は快調に歩みを進める。

後に続く範太も足の運びは安定していた。

腕の良い鍼医と按摩の許に辛抱強く通って療治を受けた甲斐あって、二人の足腰は回復しつつある。

未だ完治するには至っておらず、この杖がなければ数町を歩いただけで膝から力が抜けてしまうが、負傷した当初は自力で立ち上がることもままならなかったのを思い起こせば、よくぞここまで立ち直ったものである。

このまま順調に回復すれば、再び御役目に就くことも夢ではない。

速やかに南町奉行所へ足を運び、復職を願い出るべきだ。

しかし古五郎も範太も、その気はない。

「……孫可愛がりをする前に、嫁に謝らなくっちゃなるめぇなぁ」

「……気が咎めるのか、江戸川」

古五郎のつぶやきを耳にして、範太が問う。

「……嫁いできたのが鬼嫁だったら、放っておいてもいいんだけどな」

「左様であれば早々に居なくなり、我らは難儀をしておったであろう」

「そうだなぁ……ほんとに足腰が立たねぇ頃は、下の面倒までかけていたしな」

「その上で赤子の世話をしておったのだ。この五年は難儀なばかりの日々であったに相違ない……」

「謝ったところで許しちゃもらえねぇだろうな」

「私も左様に判じたが故、遺憾ながら口を閉ざして毎日を過ごしておる」

「やっぱり言わぬが花ってことかい」

「そういうことぞ」

二人はどちらからともなく黙り込んだ。

新大橋の西詰めに出れば、八丁堀まで長くはかからない。

「行こうぜ、範さん」

「うむ」

古五郎の呼びかけに頷いて、範太は二本の杖を持ち直す。

この二人が足腰を傷めたのは五年前、文化四年（一八〇七）の葉月二十九日。

先だって仲間の盗人一味を御縄にされた意趣返しに襲い来た凶悪な賊の一味と渡り合い、多勢の敵を返り討ちにするために廃屋に誘い込んだのが災いし、崩れた梁の下敷きになったが故のことだ。

折しも江戸では永代橋が崩落し、深川八幡宮の神輿の渡御を見物すべく押しかけていた幾百人もの群衆が大川に転落する大事が発生し、南北の町奉行所は総力を挙げて騒ぎを鎮めにかかっていた。

未曾有の混乱が生じたことに乗じ、黒蛇の袈裟三と称する盗人が差し向けた配下の一団は白昼堂々、町方役人が相手の意趣返しに乗り出したのだ。

最初に犠牲になったのは古五郎の息子の芳之進と、範太の息子の涼介。永代橋での大事を聞き付け、駆け付けようとしたのを待ち伏せされてのことだった。

盗人仲間の一味を召し捕った役人たちの顔ぶれを、袈裟三はあらかじめ調べ上げていたらしい。

捕物の指揮を取った与力も非番で組屋敷に居たのを襲われたが、すんでのところで古五郎と範太の二人が駆け付けて一命を拾われ、家族も巻き添えを食わずに済んだ。

それから二人は一味を潰れ長屋に誘い込み、一人ずつ仕留めて全滅させたのだ。

斬らざるを得なかったのは多勢に無勢だったが故である。

古五郎と範太は咎人を生かして捕らえ、天下の御法の裁きによって罪を償わせるのを御役目とする廻方の同心。しかも束ね役を束ねる隠密廻だ。凶悪な一味を返り討ちとはいえ皆殺しにしたのは、決して誇れることではなかった。

二人が御役御免にされるに至らず、出仕が叶わぬ身となりながらも三十俵二人扶持の俸禄を毎年与えられ、組屋敷から追い出されるにも至らなかったのは、南の名奉行と呼ばれる根岸肥前守鎮衛の温情があってのこと。将来を嘱望された息子たちを無残に殺害されてしまったことも、配慮をされた一因だったに違いない。

おかげで二人は五年に亘って余命を繋ぎ、体の回復に専念することが叶った。費やしたのが治療代だけならば両家の家計が逼迫し、亡き息子の嫁たちが質屋通いを重ねるまでには至らなかったことだろう。

だが、実のところは他にも出費があった。

二本を一組とする、特別誂えの杖である。

鍼医と按摩は壮健だった頃の二人に助けられた恩に報い、療治の礼金を値引いてはくれたがまだ足りず、範太は穴埋めをするためにやむなく刀を手放したが、古五郎は大小のいずれも残してある。

範太の強い勧めがあってのことだ。

「江戸川、この調子ならば刀は抜けるな？」

人通りの絶えた夜道を歩きつつ、範太は古五郎に問いかけた。

「抜き差しするのは大事ねぇが、初太刀をかわされちまったら後がねぇ。斬り合いが長引いちまったら、どこまで保つか分からねぇぜ」

　前を向いたまま返す古五郎の答えは、いつになく弱気であった。

「弱気なことを申すでない」

　範太の声に力が籠もった。

「おぬしは南の同心で唯一人、あの和田壮平に伍すると認められし遣い手だ。四年や五年で腕が落ちるほど甘い鍛えをしておらぬのは、私が誰よりも存じておる」

「ありがとよ、範さん」

　古五郎は肩越しに視線を返し、範太に謝意を述べた。

「仕掛ける時はこの杖に、倍の強さのやつを仕込むんだろ？」

「うむ。後は取り替えるだけだ」

「顔見世まで二月余りか」

「せいぜい足腰を鍛え上げ、不覚を取らぬように備えようぞ」

「おうともよ」

　古五郎は力強く答えると、範太を先導して進みゆく。

　今年で六十六になった古五郎と範太は、八森十蔵と同い年。

　老骨に鞭打つ労を厭わず、胸に秘めた悲願の成就に向けて突き進んでいた。

二

若様たちは組屋敷で揃って夕餉を済ませ、後片付けも終えたところだった。

「おやすみなさい」

新太は歯磨きをさせた太郎吉とおみよの手を引き、奥の部屋に入っていく。

「わかさまぁ、おやすみぃ……」

「おやしゅみ～」

幼い二人は眠気に負けて、すでに半ば夢の中である。

段差に足を取られぬように気を付けて、新太は組屋敷の奥へと連れて行く。

屋敷内で一番広い八畳間には、人数分の布団が敷かれていた。

受け持ったのは俊平と健作である。

常の如く三人きょうだいが什器（じゅうき）を洗い、拭いをかけた膳を積み上げている間に済ませておいたのだ。

若い男と子どもが三人ずつの暮らしは、一同で取り決めた約束に基づいていた。

家事は分担し、一人一人が怠らぬこと。

朝餉と夕餉は可能な限り、一堂に会して摂ること。

受け持った仕事を終えた後は、好きに過ごしても構わぬこと。

共に暮らし始めて早々に結んだ約束を、六人は墨守してきた。

幼い太郎吉とおみよは新太が世話を焼き、野放図な俊平は健作が窘める。

そして若様は一同を取りまとめる、一家の長と言うべき立場。

押しつけがましいことは口に上せず、個々に任せた役目を果たしてくれれば苦言を呈することもない。子どもたちを寝かせた後で晩酌に付き合うのも、取り立てて苦にしてはいなかった。

「若様、まだ手が空かねぇのかい？」

「いま少しで終いですよ」

俊平の呼びかけに背中で答えた若様は、草履を突っかけて土間に降り立った。

勝手口の敷居を跨ぎ、取り込んだのは七輪。

鯖を焼いて滴り落ちた油に灰をまぶし、ひっくり返しておいたのを元に戻す。

今日の夕餉は一尾の塩鯖を六つに切り分け、こんがりと焼き上げたのを大根おろしで味わった。

味噌汁の具は、短冊に刻んだ大根と油揚げ。

落とした大根葉も無駄にはしない。油揚げの切れ端と一緒に胡麻油で炒めて醤油と七味唐辛子で味付けし、箸休めの小鉢にした。

先頭に立って包丁を取り、飯を炊くのは若様だ。

江戸では武家も町家も炊飯するのは朝だけで、夕餉は残った冷や飯を湯漬けにして済ませるが、この家は夜も欠かさず飯を炊く。

家事をこなす上では朝に炊くだけに留めるのが楽ではあるが、一日の仕事を終えて疲れた体を癒すのに、冷や飯の湯漬けに香の物ぐらいでは物足りない。

若様自身は少食ながら、俊平と健作は体格に見合って食欲が旺盛。

育ち盛りの新太はもとより、幼い太郎吉とおみよもよく食べる。

若様も限りのある実入りで贅沢はさせられないが、飯だけは炊き立てを、朝な夕なに振る舞いたいのだ。

南町奉行の根岸肥前守鎮衛に見込まれた若様と仲間たちの六人暮らしは、町方同心一名分の俸禄である三十俵二人扶持で賄われている。

鎮衛は以前にこの組屋敷に住んでいた同心が犯した不祥事を罪には問わず、当人の適性に合った昌平坂学問所(しょうへいざかがくもんじょ)への異動が叶うように取り計らうと、生じた欠員を敢えて補充しないことによって浮かせた一名分の俸禄を、若様が受け取れるように流用したのである。

南北の町奉行は配下の与力と同心に与える俸禄と組屋敷を管理する立場上、何かと融通を利かせることも可能である。

その気になれば与力と同心の俸禄を着服し、空きの出た組屋敷を賃貸させて、私腹を肥やすのも容易いだろう。

この特権を鎮衛は活用し、番外同心の俸禄と組屋敷を用意したのだ。

三十俵二人扶持の分け合う内訳は、若様が決めたこと。

若様に俊平と健作を交えた、三人の取り分は十俵ずつ。

新太と太郎吉、おみよの食費は一人扶持にて賄い、残る一人扶持は銚子屋門左衛門とお陽に渡す薄謝に充てている。

この組屋敷は表向き、門左衛門が銚子屋の寮として南町奉行から有料で借りたことになっていた。

そして若様は銚子屋の奉公人として門左衛門が人別（戸籍）に載せてくれた立場を活かし、差し向けられた留守番を装っている。

三人きょうだいを引き取ったのも公には門左衛門とされており、俊平と健作は貧乏御家人の部屋住みという肩身の狭い立場であるが故、若様の友人として組屋敷に居候（そうろう）を決め込んだ態を装っていた。

「おーい、若様」

俊平の呼びかけが聞こえぬ振りをして、若様は灰を落とした七輪を土間に置く。

若様たちが任じられた番外同心とは、一番組から五番組のいずれかに属する正規の同心とは違う、文字どおり番外の立場であった。

発覚すれば影の御役目を全うできず、俸禄を失えば身寄りのいない三人きょうだいを育てることも叶わない。

銚子屋に足を向けては寝られぬ若様たちだが、このところ門左衛門との付き合いは良好であるとは言い難い。若様に惚れ込んだ家付き娘のお陽が何かにつけて迫るのを持て余し、御用繁多を理由に避けがちだからだ。

お陽と門左衛門は、半死半生で江戸まで辿り着き行き倒れになりかけていた若様を救ってくれた命の恩人。

ただでさえ、返しきれぬほどの恩があるのだ。

返す方法は若様も承知している。

深川でも指折りの分限者の門左衛門が番外同心の御役目に助力を惜しまず、大店のあるじにしてみれば端金（はしたがね）の一人扶持しか報酬を受け取らぬのも、いずれ若様をお陽の婿に迎え、銚子屋の四代目にしたいが故のこと。

他にも柚香をはじめとする、若様に想いを寄せる女人は数多い。

世の男たちが事情を知るに及べば、贅沢な悩みとしか見なされまい。

お陽に岡惚れしている俊平も、本音を明かせば面白くはないはずだ。

しかし、若様の心は定まらない。

自分の使命は、菊千代を正しく教え導くこと。

左様に自覚するが故、相手が誰であろうと身を固めてはいられない。

菊千代は長じて御三家の紀州徳川家に婿入りし、今の将軍家の祖である八代吉宗の生家を継ぐという栄誉に浴するにも拘わらず、放っておけば稀代の暗君に成り果てるであろうと予言をされていた。

玄界灘の離れ島の巫女から下された神託を信じる限り、若様に一人の男として幸せを求める暇はないのだ。

若様は公には存在しない、清水徳川初代の子。

もとより名乗り出るつもりはなかった。

されど生まれ出ずる家のため、何もせずにはいられない。

お陽たちを傷つけることになろうとも、全て固辞するより他にあるまい——。

三

若様が家事に勤しみながら、胸の内の葛藤と戦っていたのと同じ頃。

「一橋の古狸め……我が子の七光りを恥じるどころか誇らしげにしおって……」

島津重豪は早めに取った床に独り仰臥したまま、苛立ちを募らせていた。

あれから一橋屋敷に足を運んだところ、待っているはずの治済は不在だった。

急ぎ登城に及び、家斉の御前に罷り出るようにと言伝をされてのことである。

妙なことだと戸惑いながらも登城した重豪は中奥に連れて行かれ、私的な抜け荷で異国の品々を仕入れ、治済に献上することが向後は叶わなくなった件について、叱りを受けた。

「おのれ……」

白衣の寝間着を纏った重豪は、悔しげに呻きを上げた。

治済のやり口は、思い出すだに腹立たしい。

家斉は義理とはいえ父親である重豪に対し、直々に苦言を呈したわけではない。

複雑な面持ちをした家斉の傍らに涼しい顔で座していた一橋徳川家の先代当主——

家斉にとっては唯一無二の、血を分けた父親である治済から、礼儀正しくも刺々しい言葉で責められたのだ。

家斉が一言も口を挟むことなく黙っていたのは、実の息子であるが故。

重豪の落ち度を咎めぬ代わりに、治済を窘めもしなかった。

実の父親と義理の父親のいずれも贔屓をせずに沈黙を貫いたとはいえ、治済の思惑どおりにしたのは腹立たしい。

せめてもの幸いは邦丸が未だ登城を許されていないため、目の前で醜態を晒さずに済んだことだ。

治済も血こそ繋がっていないが、邦丸にとっては身内である。

義理でも可愛いと思っていれば、その面前で実の曾祖父をいびり抜いたりはしないはずだが、治済は明らかに違った。

あの男は骨の髄まで凍てついた、極めつけの冷血漢。

たとえ邦丸が同席していても手加減をするどころか、ここぞとばかりに責め立てたに違いない——。

「上様は万事御見通しにあらせられる。左様に心得さっしゃれ……か」

布団の中でつぶやいたのは、叱りを締め括った治済の言葉。

将軍の御前でなければ組み付いて、腕の一本も折っていた。

治済も左様に危惧したが故、一橋屋敷での対面を避けたのだろう。

そして重豪は湧き上がる激情を押し隠し、平伏するより他になかった。

「おのれ古狸……これより上の辱めは許すまい……」

暗く高い天井を見上げて重豪がつぶやく声は、呪詛さながらに禍々しい。

激しい怒りを鎮めたのは次の間から言上された、静かにして張りのある声だった。

「大御隠居様、何となされましたのか」

声の主は就寝中の警固役を務めていた、若い藩士。

「西垣か」

「左様にござり申す」

わずかに薩摩訛りを交えた答えは襖越し。重豪が許しを与えぬ限りは敷居を越える
どころか、部屋を区切った襖を開くこともできないからだ。

「苦しゅうない。面を見せよ」

「ははっ」

重豪が与えた許しを受けて襖が開かれた。

西垣吾郎は過日に重豪が家中の不届き者どもをまとめて斬罪に処した際、首打ちの

役を務めた青年藩士だ。

まだ二十歳を過ぎたばかりの若輩ながら、野太刀流の荒稽古で練り上げた手の内の冴えは水際立ったものである。

野太刀流は島津家中の薬丸家が代々伝える、剣の流派だ。

薬丸家は大和朝廷を軍事で支えた大伴氏に庶流ながら連なる家系で、家伝の野太刀流は平安の世の太刀術が源流であるという。

島津家で現役の当主だった頃の重豪は家中に色濃かった乱世の遺風を嫌い、学問の振興に重きを置いた開化政策を採る一方、喧嘩口論と夜歩きに加えて往来で群れ集うことまで禁じたばかりか、着装に髷の結い方、刀の長さに至るまで干渉。荒々しさを身上とする風紀の矯正に力を注いだ。

その一方、重豪は藩校の造士館に武芸の稽古場を併設させていた。

規律の下で弓馬刀槍の術を学ばせることには、意義があると見なせばこそだ。

諸大名が島津家に未だ畏怖の念を抱いているのは父祖の功があってのことと、重豪は理解している。

戦国の乱世が終焉して二百年を過ぎ、関が原の戦いに敗れながらも薩摩隼人の強さを天下に知らしめた退き口も、今となっては伝説だ。

その伝説が島津の体面を保つ上で、この上なく役に立ってくれている。

しかし、安穏と構えてはいられまい。

泰平の世に在っても、武家が強さを示すは必須。

精強で知られた島津家ともなれば、尚のことであろう。

こたびの不始末に乗じた治済が家斉をそそのかして御前試合を催させ、島津家からも家中の士を出場させようとするのは、あり得ることだ。

向後は国許のみならず江戸表においても藩士たちに武芸に励ませ、強さの底上げをしておくことが必要だ。

家中の風紀は正したいが、惰弱に過ぎて先祖の威光を損ねては元も子もない。

そんな危惧の念を抱く重豪にとって、西垣吾郎は期待を寄せる人材であった。

前に薩摩へ帰国した折に目を付け、側仕えの警固役に抜擢して江戸に連れ帰ったのは高い技量もさることながら、若いに似合わぬ胆力があってのことだ。

武士の遣う剣術は、実戦に強いことが必須である。

平たく言えば、人を斬れずに役には立たない。

その点、吾郎は申し分なき逸材であった。

沈着冷静に介錯をしてのけたのを見届けた江戸詰めの重職たちは圧倒され、重豪が警固役として側近くに置くことに対し、異を唱えることはできなかった。

　この青年さえ擁していれば、御前試合の誘いがいつ舞い込んできても動揺するには及ぶまい。

（まことに大した落ち着きぶりぞ……）

　重豪は黙したままで吾郎を見やる。

　小柄な青年は先程から微塵も動じることなく、姿勢を正して座っている。

　主君の側近くに仕える身ならば当たり前の立ち振る舞いだが、外見だけ取り繕っていても実のところは痺れを切らし、早く用を言いつけてくれないだろうか、と焦れているのが常だ。

　これでは危急の折も機敏に動けず、重豪が刺客に襲われたとしても返り討ちにするのは叶うまい。

（見込み違いではなかったの……）

　胸の内でつぶやいた後、重豪は口を開いた。

「西垣」

「ははっ」

「そのほう、国許に戻りたいとは思わぬのか」

「一向に思いませぬ」

「まことか」

「両親とは幼き頃に死に別れ、もとより兄弟も居り申しませぬので」

「されば、そのほうが姓は」

「遠縁の家へ養子に入り、継いだものにござり申す」

「左様とあらば身を固め、後継ぎをなさねばなるまいの」

「御畏れながら、ご懸念には及び申しませぬ」

「それはまた、何故か」

「国許を出る折に養家の方々より因果を含められ申した。大御隠居様の御盾（みたて）となりて果てることを第一とし、謹んで御仕え申し上げよ……と」

「見上げた心がけだの」

「畏れ入り申す」

「その心がけに報い、西垣の家に加増をしてとらす」

「…………」

「そのほうの身に万が一のことがあろうとも案ずるに及ばぬぞ。後を託すに相応しき養子を選ぶ暇（いとま）を与える故」

「大御隠居様……」

「心置きのう励むがよい」

「衷心(ちゅうしん)より御礼(おんれい)申し上げまする」

重豪の格別の計らいに謝意を述べ、吾郎は深々と頭を下げた。

四

「おーい、若様ぁ」

勝手口の板戸を閉め、心張り棒を支(か)っているところに焦れ切った声が飛んできた。

「晩酌でしたら私に構わず、ご存分に召し上がってください」

若様は背中越しに答えを返すに留め、背筋を伸ばしたままで腰を落とした。

目の前には年季の入った竈(かまど)。俗に二つ竈(べっつい)と呼ばれるとおり、二つの焚き口が設けられていた。

若様は油断なく目を配り、埋火(うずみび)になっているのを確かめる。

四季の別なく心がける習慣だが、空気が乾く秋と冬は尚のこと欠かせない。火の手がひとたび上がれば瞬く間に燃え広がり、思わぬ被害が生じてしまうからだ。

「いつもの安酒だったら、いちいち断りなんざ入れやしねぇよ」

生真面目な若様の答えを受けて、俊平は苦笑い。

「ほら、早く座んな」

俊平は土間に面した板敷きに腰を据え、見慣れぬ瓶を前にしていた。

行燈の淡い光に輝くのは、一升徳利並みに太い硝子（ガラス）の瓶。

「こいつぁ下馬将軍をやり込めた礼にって、北のお奉行がわざわざ届けさせてくれた異国の酒だ。お前さんの格別の働きがあって頂戴した到来もんを、俺たちだけで勝手に呑んじまうわけにゃいかねぇだろが」

「左様な次第なれば、おぬしに口を付けてもらわねば始まらぬのだ」

俊平の向かいで胡坐（あぐら）を掻いた健作も、待ち兼ねた様子で告げてくる。

「お奉行の仰せによれば、阿蘭陀（オランダ）の言葉でブランデウェインと申すそうだ」

「ぶらんでぃ……ですか？」

初めて耳にした言葉に戸惑いながらも、若様は二人に歩み寄る。

草履を脱いで板敷きに上がり、灯火に煌めく瓶に改めて目を凝らす。

日の本に硝子が伝来したのは意外と古く、かの正倉院（しょうそういん）に瑠璃（るり）の器と共に所蔵される装飾品の一部は、国産品と見なされていた。

当時の技術は途絶えてしまうも戦国の乱世に至り、海の向こうから渡り来た宣教師を通じて再び広まった。

ビードロもしくはギヤマンと呼ばれる硝子の生産は、徳川の天下となっても絶えることなく存続している。

幾百年の時を経て再び国産が始まったとはいえ、その日暮らしの民にとって硝子は高嶺の花、と言うよりも雲の上の存在だ。若様も板状に加工された硝子を障子の中央に嵌め込み、覗（のぞ）き窓とした月見障子には清水屋敷で接していたが、酒瓶を、それも異国で造られたのを目の当たりにしたのは初めてだった。

緑色をした表面は透けておらず、中に詰まった酒の色は見て取れない。運ぶ最中に割れるのを防ぐためなのか、丈夫に編まれた籠に収められていた。

「よくよく見れば、徳利とは全く違いますね」

「さもあろう」

「そりゃそうだろ」

首肯した健作に続き、俊平が口を開いた。

「若様も知ってる大田南畝（おおたなんぽ）が長崎屋でカピタンに聞いた話なんだが、異国じゃ安酒も硝子の瓶に詰めて売られてるのだぜ」

「まことですか？　日の本では未だ珍重されておるというのに」

「エゲレスのロンドンって都じゃ水より手頃にジンって酒が買えるんで、貧乏人は男も女も昼日中っから憂さ晴らしにかっ喰らい、人目も憚らねぇそうだ」

「なんと……」

思わぬ話を聞かされて、若様は絶句する。

この青年は存外に物知りだ。

記憶を失くしていながら頭の巡りは速く、新たな学びに対する意欲も上々。

とりわけ関心が深いのは、異国に関することである。

カピタンと呼ばれる長崎は出島の阿蘭陀商館長が江戸へ下り、将軍に拝謁する際に献上される風説書の内容はもとより知らず、定宿の長崎屋に逗留したカピタン一行を訪問し、質問に及んだこともなかったが、かつて日の本に来航した異国人にまつわる話は先人たちが書き遺した記録を閲覧し、見識を深めてきた。

「どうしたんだい、若様」

黙り込んだのを前にして、俊平が戸惑いを隠せない。

「沢井さんこそ、危ういことと思われませぬのか……」

「おぬし、なんとしたのだ」

怒りを帯びた声を聞いた健作が、すかさず口を挟んでくる。

若様は臆することなく答えを述べた。

「危ういと申したのは、ロンドンなる都の有り様です」

「ああ、ピンからキリまで酔っ払いだらけになってるってことかい」

「これは由々しきことですよ」

「へっ、何も腹ぁ立てるにゃ及ばねぇやな」

若様が憤った理由を聞かされるなり、俊平は破顔一笑した。

「笑いごとではありません！」

若様は負けじと言い募った。

「南畝先生が訊き出されし話が正しいならば、エゲレスの民は信心して止まないはずの伴天連(ばてれん)の教えに背(そむ)いておきながら、なんら恥じずに居ることになりますよ」

「まぁまぁ、落ち着きなって」

いつにない憤りに戸惑いながらも、俊平は若様を宥めにかかった。

「役人の取り締まりが追っつかねぇほど、呑んだくれの数が多いってことさね。俺と沢井も貧乏が過ぎて信心する余裕を失くしちまった口だから、あまり偉そうなこたぁ言えねぇけどな」

自虐を交えて説かれては、若様も言い返せない。

「…………」

そこに健作が口を挟んだ。

「何も卑下するには及ばぬぞ、沢井」

「どうした平田、お前らしくもねぇ」

「思うところは私も同じなれば、おぬしを捨て置くわけには参るまい」

「お前……」

「その話ならば私も大田先生から伺うておる……同じロンドンでも豊かな町で暮らす者は安酒に溺れし貧乏人を意に介さず、麦を醸したビアなる酒を優雅に楽しんでおるそうだ。この対比を描いた版画まで売り出され、大層な人気を集めたらしいぞ」

「南畝先生は左様な子細に至るまで、時のカピタンから訊き出したのですか?」

「そういうことだ」

「あの先生は大した人たらしだからな……」

健作に続いて俊平も目を閉じ、懐かしそうにつぶやいた。

大田南畝こと直次郎は二人と同じく、本所割下水の貧乏御家人の出。

老中の田沼主殿頭意次が先代の将軍であった家治の庇護の下、思うがままに御政道を動かしていた天明の世に狂歌師として一世を風靡するも、家治の急死に伴って意次が失脚し、後を受けた松平越中守定信が素行不良と判じた旗本と御家人に厳罰を以て処するようになったため、一度は筆を折ったものである。

その定信も老中の職を解かれ、南畝は再び筆を執っている。

南畝に限らず、今の江戸は才人たちにとって過ごしやすい。

天明の頃ほど自由闊達ではないものの、締め付けが緩んできたからだ。

その一方、進んで我が身を律する者も居る。

北町奉行の永田備後守正道だ。

かつて賄賂三昧で過ごすことを憚らずにいた正道は、己が行いを正すと同時に所蔵する異国の酒を持て余し、配下の八森十蔵と和田壮平が手柄を立てるたびに、褒美として下げ渡しているという。

その内の一本が、こうして巡って来たわけである。

「お奉行より伺うた話によらば、葡萄を醸したワインとやらが余ったのを火で熱して水気を飛ばし、長持ちするように仕立てた代物ぞ。八森殿と和田殿が寝酒にしておるラムと同じく船に積み、長旅の疲れを癒すのに重宝されておるそうだ」

「行き届いた備えをしておるのですね」

健作の説明に、若様は感心した様子でつぶやく。

続いて俊平が口を開いた。

「そのラムってのは船を動かす水主が暑さ凌ぎにかっ喰らい、このブランデなんとかは船を預かる沖船頭（おきせんどう）が、ちびちび楽しむもんらしいぜ」

「ひと口に異国の酒と言うても、色々と違いがあるのですね……」

「ともあれ味見をしてみようぜ」

「されば少しだけ、お相伴（しょうばん）しましょうか」

笑顔で答えた若様は、俊平の傍らに胡坐を掻いた。

島津家を巡る事件で繋がりが強くなった正道からの贈り物を、無下にするわけにもいくまい。

正道の手元には、守銭奴の誹（そし）りを恥じずにいた頃に賄賂として贈られた、珍しい品々が未だ残っているらしい。

健作が猪口（ちょこ）に注いでくれた異国の酒は、若様も以前に口にしたことのあるラムとは違って琥珀色。樽に詰めて異国の船に常備されるのは同じでも、船乗りの暑さ凌ぎに積まれたラムにも増して、醸造するのに時間と手間が掛かっているようだ。

匂いだけで強さを感じ取った若様は、慎重に口に含んだ。

すかさず後に続いたのは俊平だ。

「かーっ、きついぜ」

「…………」

一息に呷った俊平が咳き込む傍らで、若様は更にひと口。

「流石は若様だな。何につけても慎重なれば、沢井が如き醜態は晒さぬか」

味わいながら嚥下したのを見届けて、健作が微笑んだ。

「なんだと平田、お前だって人のことは言えねぇだろ」

「ははは、私はおぬしと違うて呑み下したぞ」

食ってかかった俊平に、健作は笑顔で返す。

その笑顔を強張らせたのは、お返しの一言だった。

「格好つけんじゃねぇよ。前に二人きりで呑った時にゃ、お前も目を白黒させていたじゃねぇか」

「その辺にしてください」

若様は乾した猪口を置き、争う二人を取り成した。

「子どもたちが寝付くのをお待ちになられてのお声がけは、なんぞ私にお話があってのことなのでしょう？」

「流石は若様、相変わらず鋭えや」

俊平は悪びれることなく話を切り出した。

「俺と平田が辻斬り野郎を追ってるのは、お前さんも承知だろ」

「その節は私の持ち場までお任せし、誠に申し訳ありませんでした」

「そんなこたぁ、最初から責めるつもりはねぇやな。そうだろ平田」

「左様だぞ、若様」

俊平に促された健作も口を開いた。

「おぬしが島津家の一件で動いてくれたおかげで、聞き込みが楽になったのだ。詫びを申さねばならぬのは我らのほうだ」

「お役に立ったのならば何よりです」

「おかげさんで事は進むようになったんだが、な……」

「なんとされたのですか、沢井さん？」

「俺たちが追っかけてた旗本の部屋住みは、どうも辻斬りじゃなさそうなんだよ」

「されば、件の売りに出されし刀は」

「前の持ち主が間男を手討ちにして、研ぎに出さずに持ち込んだって刀屋が吐いたよ」

「つまりは見立て違いであったということだ」

俊平に続いて健作も、恥じた様子で面を伏せる。

そんな二人を咎めることなく、若様は腕を組む。

振り出しに戻った事件を、どのように解決すべきか。

「……お二人とも、顔を上げてください」

「若様」

「なんぞ良き思案があるのか」

「斯様な折には、年の功を恃みとしましょう」

「年の功だと？」

「もしや、北町の爺様たちのことを言うておるのか」

「図星ですよ、平田さん」

若様は微笑みを浮かべて二人を見やった。

「もとより私たちは番外なれば、南と北の境界にこだわることはありますまい」

「そうは言っても、余計な借りは作れめぇ」

「お奉行同士の仲に障ってもまずかろうぞ」

「ご心配には及びませんよ」

腰が引けた様子の二人に、若様は自信を込めて請け合った。

第七章　顔見世(かおみせ)は波乱

一

八森家を訪れた壮平は、勝手知ったる様子で酒の支度をしている最中だった。

カラン糖売りを装っての探索を終え、北町奉行所に戻った壮平が同心部屋で十蔵と合流したのは日暮れ時。二人して正道に進展を報告し、組屋敷に帰ってきたのは日が沈んだ後のことだった。

隠密廻同心が抱える事件は数多いが、未だ手がかりが見出せずにいるのは巣鴨村の菊細工殺しである。

犠牲となった若い旗本と小町娘は、調べるほどに罪が無い。自身の落ち度で恨みを買ったわけではないと目される以上、手を下したのは邪(よこしま)な輩に違いなかったが、亡骸に凌辱された形跡はなく、金品も奪われていなかった。

あれは行きずりの殺人だったのか、それとも知り人の仕業なのか。

いずれにしても、入念に準備を重ねた上での犯行だ。

毒を用いるのは素人には無理なことであり、切腹した態を装って刺すのは刀の扱いに慣れていなければ不可能である。

故なくして狙われ、理不尽に命を奪われたとあれば尚のこと度し難いが、江戸市中の司法に加えて行政にも携わる町奉行所の同心は、南も北も御用繁多。

南町奉行所では若様をはじめとする番外同心たちを抱えているが、北町に頼りになる助っ人はいない。

手が足りぬのを補うには岡っ引きを雇うのが早道だが、隠密廻の御用の役に立つ者など容易に見つからず、十蔵も同様にぼやくばかりだ。

「いま一度、若様に手伝うてもらえればな……」

壮平は端整な顔を曇らせながらも、手を止めはしなかった。

囲炉裏の縁に二本並べた徳利は太めで丈の高い、燗酒を楽しむためのもの。通いの酒屋が届けてくれる一升徳利の酒を注ぐ際には量を加減し、後から溢れ出ぬように気を配るのも忘れない。

自在鉤から吊るした鉄瓶にはあらかじめ水を注ぎ、程よく煮たたせてあった。後は徳利を立てておき、頃合いを見計らって引き揚げるだけである。

土間に面した板の間には囲炉裏が切られており、いちいち台所に立たずとも煮炊きが楽しめる。この組屋敷に元から備わっていたわけではなく、十蔵を家付き娘の婿に迎えた先代当主の軍兵衛が身銭を切って改装したのだ。

「八森の親父殿か……豪放磊落にして、面倒見の良き御仁だったな」

ひとりごちる壮平も、義理の父親に先立たれた身の上である。

和田家の先代だった斗馬に壮平が見込まれたのは師の工藤平助に見限られて行き場を失くし、全てが敵に見えていた頃のこと。

壮平の母親は長崎の丸山遊廓で人気の遊女。

顔も知らない父親はカピタンだったという。

亡き壮平の母も丸山遊女と古の阿蘭陀商館を預かっていたカピタンの子で、父親譲りの西洋人らしい美貌を見初められ、夜伽の相手に指名されたのだ。

幸か不幸か、壮平は日の本の子どもと変わらぬ黒髪に茶色い瞳を生まれ持って誕生したが、子をなせばどうなるのか分からない。

外見はどうあれ異人の血を引くことは変わりなく、表の世界との交流を禁じられて丸山遊廓で育てられた壮平は縁あって医術と剣術を学ぶ機会を得たものの、同じ境遇の少女を弄んだ無頼の連中を斬り殺し、長崎から逃れて辿り着いた江戸で工藤平助に出会い、内弟子となって本式に医学を学ぶ立場を得たが、平助が真に期待を寄せていたのは剣客としての力量だった。

恩人の求めとあれば是非もなかった壮平は工藤家に反感を抱く者たちが差し向ける刺客を返り討ちにする一方、平助が時の老中の田沼主殿頭意次に取り入るべく命じた蝦夷地の探索に赴いて、傷を負うのも厭わずに人斬りを重ねてきた。

そんな献身も空しく、壮平は見限られたのだ。

気のいい義父と妻に出会っていなければ医者として再起を図るどころか、無頼の道に立ち戻ったに違いない。

同様に恩師から見捨てられた十蔵と出会って北町奉行所の定廻から臨時廻、そして隠密廻と三十年に亘って苦楽を共にし続けることもなかっただろう――。

「すまねぇな壮さん、任せっきりにしちまって」

物思いに耽っていたところに、着替えを終えた十蔵が姿を見せた。

「大した手間ではない故、礼には及ばぬ」

壮平は何食わぬ態を装いつつ、鉄瓶から二本の徳利を引き揚げた。

手ぬぐいで軽く拭き、猪口を添えて囲炉裏の縁に並べ置く。

夕餉は隣の和田家で二人して済ませてきたため、空っ酒でも体に障ることはない。

「ありがとよ」

十蔵が囲炉裏端に胡坐を搔いた。

黄八丈と黒紋付に替えて袖を通した部屋着は、壮平と同じく木綿物。重陽の節句の衣替えで袷を綿入れに改め、足袋も履けるようになったのは、寒がりの十蔵にとっては喜ばしいことだろう。

とはいえ、厚着が過ぎるのも考えものだ。

「おぬし、もう半纏を着ておるのか？」

「へへっ、似合うだろ」

「まだ霜も降りておらぬと申すに早すぎようぞ」

「今日のとこはお試しだよ。きつかったらお徳に直しを頼まねぇと」

壮平に呆れ顔をされても構うことなく、十蔵は笑顔で胸を張った。

下ろし立ての半纏は、八森家に出入りをしている飯炊きのお徳の作らしい。義理の父の軍兵衛に続いて先妻の七重を病で失い、長らく男やもめで通してきた十蔵にあれこれ文句を言いながらも世話を焼く手間を惜しまない、気のいい五十女だ。

「全く、おぬしには敵わぬな……」

十蔵に苦笑を返すと、壮平は腰を上げた。

「どうしたんだい、壮さん」

「酒が入る前に、女房殿を診てつかわそう」

「いいのかい？」

「もとより丈夫なれば大事はあるまいが、念には念ぞ。おぬしは先に呑(や)っておれ」

「そういうわけにはいかねぇやな」

言うと同時に十蔵は腰を上げた。

膝ばかりか手まで床に突き、四つん這いになって先を行く。

前に倣った壮平も、板の間から這って出た。

白髪頭の二人は赤子の如く、前後になって進みゆく。

二

八森家には三つの部屋がある。

十蔵が寝起きをする奥の間は、囲炉裏が切られた板の間と隣り合っている。

縁側に面した二つの部屋は手前が八畳、奥が十畳。

いずれも人に貸しているが、今は間借りの二人は不在である。

十蔵と壮平が向かった先は、司馬江漢の部屋。

「思えば司馬先生も豪気な御仁だな。留守の間は好きに使うて構わぬと、相手構わずに言えることではあるまいぞ」

「本物の駱駝は存外に用心深えらしいぜ、壮さん」

「あの先生を駱駝呼ばわりして憚らぬのも、豪気と言うより他にあるまいぞ」

「まぁ、駱駝は豪気と言うより偏屈だろうぜ」

「そのご気性あっての司馬江漢と言うものぞ。とは申せ、おぬしとは打ち解けておられるではないか」

「腐れ縁の俺だから、気張らずに頼って来んじゃねぇのかい。源内のじじいに難儀をさせられてた頃のことも、ぜんぶ見られちまってるしな」

「故に腐れ縁と申すのか」

「有り体に言や、臭え仲さね」

「おぬしたち、まことに仲が良いのだな……」

亡き平賀源内の門下で十蔵の兄弟子だった江漢は、高名な絵師にして蘭学への造詣も深いことで知られている。

在りし日の源内に師事した有象無象の中でも大田南畝と並んで有名で、新作の絵をこぞって買い上げる贔屓筋にも事欠かないが極めて偏屈な質であり、近年は御政道の批判と受け取られかねない言動も目立つ。

その江漢が江戸を離れたのは、年明け早々の如月のこと。

卯月に京の都へ上り、その後も逗留し続けているらしい。

「八森、あれから先生の文は届いておらぬのか」

「なしのつぶてってやつだなぁ。流石に年明けか、さもなきゃ桜が咲く頃にはひょっこり帰ってくるんじゃねぇのかい」

「いずれにしても、おぬしの子が生まれた後になるのだな」

「駱駝にゃ悪いが、そのほうが都合がいいやな」

二人は江漢の部屋の前に来た。

壮平は敷居際から手を伸ばし、音を立てずに襖を開く。

ほの暗い部屋の中の明かりは、簡易照明の瓦灯が一つきり。

敷き伸べられた布団の上で女人が独り、安らかに寝息を立てていた。

二枚重ねた掻い巻き越しにも、腹が迫り出しているのが見て取れる。

この女人の名は綾女。

十蔵と奇縁によって結ばれる以前は紀州忍群の流れを汲んだくノ一として、小納戸頭取の中野播磨守清茂に使役されていた。

双子の妹の桔梗は欲得ずくで清茂に合力し、養女として大奥に入っている。綾女と二人一役で家斉の気を惹いた甲斐あって御手付き中臈の一人に加えられ、お美代の方と名乗っているが、この先の出世に綾女は手を貸す気がないらしい。

壮平も最初は綾女を信用できずに一度は刃を交えたものだが、秩父の両神山で重い傷を負った十蔵の許に駆け付け、身を挺して命を救った誠意を認め、八森家の後妻となったことを心から祝福していた。

その綾女が懐妊したのは、今年の如月。

十蔵を蘇生させた際の、初めての交わりで孕んだのだ。

いずれ月は満ち、いよいよ赤子が生まれる運びとなる。

そのために手抜かりなく世話をしておきたい。

壮平は綾女を起こさぬように、無言で十蔵に頷き返す。

まずは寝姿の確認だ。

受胎して半年を過ぎた母体は仰臥するのが苦しくなる。張りを増した子袋が背骨の右側に走る下大静脈を圧迫し、心の臓に戻る血の巡りを妨げるからだ。

壮平は原因を把握できてはいないが症例に照らし、楽な姿勢を取らせることで負担を和らげる術は知っている。

しかし、綾女の眠りを妨げるには及ばない。

折った布団に寄りかかりながらも上体を傾げ、下大動脈の辺りを浮かせた姿で寝息を立てていた。

流石は伝説の女忍びを母に持ち、自身も手練だけのことはある。

子を孕んだのは初めての綾女だが、厳しい修行を通じて己の体を、内面まで知っているに違いない。

故に不調があれば何とすべきか自ら考え、対処することができるのだ。

壮平は感心しながらも冷静に、眠る綾女を診察した。

受胎して半年を過ぎた頃の常で手足がむくみ、寝顔に浮いた脂も目立つが、総じて健康な状態が保たれている。

そっと掻い巻きを掛け直し、壮平は綾女の寝所となって久しい部屋を後にした。

「大事ねぇかい？」

「案ずるには及ばぬ。おぬしも心を平(たい)らかにし、来たる時を待つことだ」

十蔵に向かって告げる言葉は他人事ではない。
和田家にも、いずれ赤子が来ることになっているからだ。
壮平が育てる次第となったのは我が子にして、亡き師の孫。
母親は工藤平助の四女のたえ子である。
たえ子が仕えた定姫は、徳川御三卿の田安家の初代当主であった徳川宗武の八女にして、福井三十万石を治める松平左近衛権中将治好の正室。そして実の兄は先頃まで陸奥白河十一万石の藩主であり、遡れば十一代将軍となって間もない家斉を老中首座兼将軍補佐として支えた松平越中守定信だ。

これほど格式の高い家に仕え、奥向きで采配を振るっていながら、たえ子は壮平と密通に及んで子をなした。

平助の内弟子にして、一家の命の恩人でもあった壮平に少女の頃から想いを寄せていたという。

その壮平と図らずも再会した時のたえ子は、御殿勤めで重ねた心労に押しつぶされそうになっていた。

迫られたのを拒めずに、密通に及んだのは自身の落ち度と壮平は認め、腹を切って自裁する覚悟まで固めていたが定姫によって助命され、生まれてくる子を引き取って育てることを償いとするように命じられた。

話を聞いた志津は壮平を咎めることなく、赤子を引き取ることにも同意した。異人の血を引く身であるが故、志津との間に子を儲けることを避けてきたと知るに及んでも取り乱さず、遅れ馳せながら親になる夢が叶ったと喜んだ。

父親として自覚を持たねばならぬのは、十蔵だけではない。

壮平も子を持つ親として、新たな時を生きるのだ。

なればこそ、行く年に悔いを残したくはない。

巣鴨村の事件を解決し、理不尽な死を強いられた無念を晴らしてやりたい――。

三

行く年に悔いを残す気がないのは南町奉行所の隠密廻――江戸川古五郎と尾久範太も同じだった。

共に八丁堀へ戻った二人が木戸門を潜り、それぞれ帰宅してから夜も更けた。

「どうした範さん、こんな時分に」

「嫁も孫も寝付いたのでな」

「それはこっちも同じだが、夜更かしは体に毒だぜ」

「おぬし、寝付きが良いのか」

「若い頃から変わらんよ。お前さんも知ってるだろ」

「私はめっきり浅うなった。もう五年も前からのことだがな……」

「いけねぇな範さん、急いては事を何とやら、だぜ」

思い詰めた様子の範太を古五郎は宥めつつ、組屋敷の中庭に誘った。

「おぬしの家も畑を作っておるのか」

「俺は何もしちゃいない。嫁さんと孫のおかげだよ」

「右に同じだが、ここまで実りは良うないぞ」

「それは肥やしが良くないせいだな」

「分かるのか、江戸川」

「御用で巣鴨村に通ってた時に覚えたんだよ」

「私が木挽町に通わされ、女形の修業をしておった頃の話か」

「あれから俺も二丁町へ行かされて、難儀をしたよ」

「その甲斐あって、玄人はだしと言われるまでになったではないか」

「範さんも同じだろう」

「左様だな。南のお奉行も面目を施したとお喜びであったな」

「負けじと前の北のお奉行が八森と和田に発破を掛けなすったんで、俺たちの出番もなくなっちまったな」

「それでよかったのだ、江戸川」

「ほんとだな、範さん」

秋の夜空を仰ぎ見て、古五郎は微笑んだ。

「いよいよ月も明けるなぁ」

「左様。神無月だ」

「番付が出回れば外題と役者が知れ渡る。袈裟三は見逃すまいよ」

「さすれば芝居好きの血が騒ぎ、居ても立ってもいられまい」

「またぞろお大尽になりすまし、繰り出してくるに違いねぇ」

「どこに狙いを絞ろうかね、範さん」

「木挽町もしくは二丁町、ということか。二手に分かれるべきだろう」

「それだけじゃ足りないよ。二丁町には堺町と葺屋町があるだろ」

「いま一人、願わくば仲間が欲しいところだな……」

月の光も差さない空の下、つぶやく範太の声は暗い。

「……そのことなんだけどね、範さん」

しばしの間を置き、古五郎が範太に向き直った。

「なんとしたのだ江戸川、改まって」

「俺たちの助っ人になりたいっていう若い男が居るんだよ」

「わ、我らのことが気取られたと申すのか？」

範太は動揺を隠せなかった。

夜目にも艶やかな青菜を踏んづけ、古五郎に跳びかかる。

「おい範さん、落ち着けって」

「こ、これが落ち着いていられるかっ」

日頃は冷静な範太が、声を荒らげたのも無理はない。

五年前の事件で足腰を傷めたのを理由に古五郎と二人して出仕を控え、治療に専念する態で過ごしてきたのは、息子たちの無念を晴らすため。

本来ならば御縄にすべき賊の一味を自らの手で討ち果たしたいと望むが故に、役人であることを止めたのだ。

未だ足腰が完治に至っていないのは事実だが、その気になれば出仕はできる。

手足となって調べに走る者たちを抱えれば、御用は務まることだろう。

しかし、それでは物足りない。

憎い仇が思い知る一番の方法で引導を渡したいのだ。

袈裟三を召し捕れば、重い罪に処されることは間違いあるまい。

二人の町方同心を殺害し、二人に重傷を負わせた五年前の事件に加えて余罪が発覚すれば、市中引き回しに獄門も付加されるだろう。

だが、それで罪を犯したことを悔いるとは限らない。

この五年の間、範太と古五郎は仇について知り得る限りのことを調べ上げた。

黒蛇の袈裟三は、並外れた芝居好きである。

それも江戸歌舞伎をこよなく好み、宮地芝居には目も呉れない。

芝居茶屋での訊き込みを重ねたところ、毎年欠かすことなく足を運んでいた。

江戸三座と呼ばれるとおり、華のお江戸の歌舞伎は三つの一座が興行を打つことを認められている。

中村座は日本橋の堺町、市村座は同じく葺屋町。

森田座は同じ日本橋でも、少し離れた木挽町だ。

この三座が毎年決まって霜月の朔日に幕を上げる顔見世は、芝居好きにとって年に一度の大事な日。

間違いなく、袈裟三は現れる。

そこを待ち受けて、本懐を遂げるのだ。

有無を言わさずに跳びかかり、引導を渡すのだ。

範太が考案した杖は、その一瞬のための切り札であった。

二本で一組の杖の中には、特注した鉄のばねが仕込まれている。

範太と古五郎は地面を突いた反動を利用して、未だ満足には動いてくれない足腰を補っていたのだ。

袈裟三が姿を現した時に備え、範太は更に強力なばねをあらかじめ用意してある。

その反動は歩くための補助に留まらず、体ごと宙に押し上げる。

杖を突きざまに自ら跳べば、更に遠く、高く飛べるはず。

範太の他には古五郎、そして注文した職人しか知らないことだ。

「江戸川、その助っ人とやらを明日にも連れて参れ」

「仲間に加えてくれるのかい？」

「さに非ず。口を塞ぐのだ」

「お前さん本気かい？」

「命まで奪いとうはない故、口止めで済ませたいな」

「範さん……」

「まず会ってみなくては始まるまいぞ」

範太が淡々とした口調にしたのは本音を隠すため。

古五郎の軽はずみな人探しにも呆れたものだが、誘いに乗るのも甘い。

気弱であれば脅し付け、強面だろうと退きはしない――。

「夜も遅うにご無礼をつかまつります」

腹を括った範太の耳に、爽やかな訪いの声が届いた。

「何者だっ」

「若様……」

範太の鋭い誰何、そして古五郎の戸惑いを隠せぬ呼びかけが同時に上がる。

対する相手は動じることなく、夜更けの庭に歩み入った。

「尾久殿とはお初にお目にかかります。何卒よしなに」

改めて挨拶を述べたのは、二十歳を過ぎたばかりと思しき青年。

朝に剃り上げたであろう坊主頭に、ぽつぽつと黒い毛根が生えかけている。

「失礼するぜ」

「ご免」

続いて顔を見せたのは、貧乏御家人の部屋住みらしき二人連れ。

口火を切ったのは、古五郎が若様と呼んだ青年だ。

「先程からのお話を勝手ながら聞かせていただきました」

範太は答えることなく、無言で三人を睨め付ける。

「もとより口外は致さぬ故、ご安堵なされよ」

気遣うように口を挟んだ御家人の一人は、夜目にも分かる男前。

「お前さん方も御家人格だろ？　相身互いってことにしといてやるよ」

いま一人のいかつい御家人も口こそ悪いが、男臭い顔に浮かべた表情は真剣だ。

「……おぬしたち、北か南の回し者か」

未だ信用しかねた範太の剣呑な問いかけにも、一人として鼻白みはしなかった。

「回し者ではございませんが、南のお奉行は存じ上げております」

「ま、まことか？」

「言うとおりだよ、範さん」

動揺を滲ませた隙を逃さず、古五郎は畳みかけた。

「俺も他の二人は初めてだが、若様とは会ったことがあるんだよ」

「おぬし、いつの間に」

「独りで遠出をしちまって、歩いて帰れなくなった時さね」

「深川まで足を延ばした折か」

「永代橋を越えて早々に倒れちまってね、そこを若様に助けてもらったんだ」

「あの折は驚きましたが、大事には至らず何よりでした」

「…………」

若様と古五郎のやり取りに、範太は黙って耳を傾ける。

その上で、抱いた疑念を口にした。

「おぬし、若様と呼ばれておるのか」

「はい」

「その呼び名は知らなんだが、見かけた覚えは私にもあるぞ」

「左様ですか」

「左様……南の御番所の裏門だ」

「人目を忍び、出入りをさせていただいております」

「訪ねる先は南のお奉行、根岸肥前守様か」

「お察しのとおりです」

「されば、おぬしたちが陰にて事を」

「範さん？」

「江戸川、おぬしも気付いておったはずだ。この二年来、南の与力と同心だけでは荷の重い事件が幾つも落着したことを」

「それじゃ、こんなにお若いのが？」

「顔も名前も定かではない南の助っ人……相違ないな」

「ご明察です、尾久殿」

核心を突かれながらも悪びれず、若様は頷いていた。

四

囲炉裏端に戻った十蔵と壮平は、まず燗冷ましを余さずに乾した。

その上で新たな酒を徳利に注ぎ、湯を沸かした鉄瓶に立てていく。

「もういいんじゃねぇのかい、壮さん」

「いや、まだまだ温（ぬる）いぞ」

「それじゃ火を強くしようか」

「止めておけ。煮え湯ならぬ煮え酒になるだけぞ」

「壮さんは辛抱強えなぁ」

「おぬしがせっかちなだけだ」

十蔵の我が儘をいなしながらも、壮平の思案は止まずにいる。

巣鴨村の事件を解決したい。

そのために、役立つ助っ人が欲しい――。

「熱い、熱い」

十蔵の弾ける声を耳にして、壮平は我に返った。

「大事ないか、八森」

「おうともよ。喉元過ぎれば何とやら、だぜ」

「それは良き譬えではあるまいぞ」

壮平は苦笑を誘われながらも安堵していた。

自分には斯くも頼もしい相方が居てくれるのだ、と――。

十蔵と壮平の晩酌は続いていた。

「やっぱり今時分は熱燗に限るよなぁ」

「まことだな。お奉行より新たに頂戴せしラムは、夏まで寝かせておくとしようぞ」

「それでいいやな。元はと言えば船に積んでたこったし、滅多にゃ腐るめぇよ」

「年が明くるまで冷え込みが続くとあれば尚のこと、案ずるには及ぶまい」

「ぶるるっ、そんな話をされただけでも俺ぁ体が冷えちまうぜ」

「おぬしの寒がりは相変わらずだな……」

くつろいだ口調で言葉を交わしつつ、二人は一本の徳利を空にした。

「ところで壮さん、ちょいと気になることがあるんだけどな」

十蔵が思わぬ話を切り出したのは、二本目に燗が付いた頃。

「なんとしたのだ、八森」

壮平は手を伸ばし、鉄瓶の湯から徳利を引き揚げた。

「今日の帰りに、江戸川と尾久を見かけたんだよ」

「南の隠密廻を務めておった、あの二人か？」

壮平は思わぬ目を見張る。

驚きの余りに手が震え、燗酒が畳に散った。

「吾妻橋（あづまばし）の先の土手道を歩いていたぜ。もちろん杖は突いていたけどな」

「……信じ難きことぞ」

壮平は驚きを隠せぬままにつぶやいた。

滅多に動じることのない壮平らしからぬ面持ちだった。

「壮さん」

「うむ……」

十蔵に促された壮平は、手にした猪口を空にする。

動揺しながらも零さずにいたのは、流石と言うべきだろう。

壮平は猪口を置き、恥じた様子でつぶやいた。

「相すまぬな八森。見苦しい顔を晒してしもうた」

「壮さんは何をしたって男前さね」

「世辞は要らぬ。それよりも話の続きを聞かせよ」

「俺の見間違えとは思わねぇのかい？」

「八森十蔵ともあろう者が見誤るはずはあるまいぞ。まして相手は南の隠密廻だ」

「かっちけねぇ、壮さん」

「礼を申すには及ばぬぞ。伊達におぬしと三十年越しの付き合いはしておらぬ故」

常の如く毅然として答えつつ、壮平は徳利を火鉢の脇に置く。

そこに予期せぬ声が聞こえてきた。

「十蔵さん、夜分にご無礼をつかまつります」

「その声は若様かい？」

すかさず問うた十蔵に、新手の二人の声が届く。

「俺も居るぜぇ、八森の旦那」

「邪魔を致すぞ」

「平田と沢井も一緒らしいの……」

戸惑いぎみに壮平がつぶやいた。

「まぁ、来ちまったもんは仕方ねぇやな」

十蔵は苦笑を浮かべながらも廊下に出た。

こぢんまりした玄関の三和土（たたき）に立っていたのは、お馴染み南の番外同心。

そして敷居の向こうに佇む二人は、久方ぶりに顔を合わせた相手だった。

「江戸川に尾久……かい？」

「久しぶりだったな、十蔵さん」

「……一別以来だの、八森」

驚く十蔵と向き合う二人は、共に杖を手にしてはいなかった。

「さ」

若様は二人の手を取って、言葉少なに促した。

五

根岸肥前守鎮衛は夜更けの自室で独り、書見に勤しんでいた。

灯火の下で広げていたのは、私製の書物。

「………」

鎮衛が長年に亘って綴ってきた『耳囊』の九巻目である。

佐渡奉行を務めていた四十代で筆を起こした『耳囊』は私製の書でありながら読者が多く、これで終いと決めた十巻の完成が待たれている。

「斯くも現世が乱れては、幽世の者たちに面目ないのう」

ぼそりとつぶやく言葉は、異能を持つ身であるが故の嘆き。

鎮衛には、この世に非ざるものが見える。

誰もが幽世と半ば繫がっている幼少の頃に留まらず、元服を終えた後も瞳に異形の姿が映り、声まで聞こえた。

望まずして我が身に備わった異能を鎮衛は持て余し、養子に迎えられた根岸の家を継ぐのを目前に出奔。江戸を離れる前には旗本の養嗣子の立場を隠し、八重洲河岸の定火消屋敷で臥煙と呼ばれる火消人足をしていたこともある。

思い返せば若気の至りであったと、今は苦笑を禁じ得ない。

今の鎮衛は異能を持て余すことなく 己が意志で操る術を知っている。

若き日に江戸を出て、何者かに導かれるかのようにして辿り着いた玄界灘の離れ島で授かった術である。

江戸に戻って家督を継いだ鎮衛は妻を迎えて一男三女を儲ける一方、二十二の年に出仕を始めた勘定方で出世を重ね、元は百五十俵の蔵米取りだった根岸家を五百石の知行取りとしたことで、大いに面目を施した。

南町奉行に任じられた鎮衛の俸禄は三千石。

在任中のみ支給される足高の二千五百石は無駄に散じることをせず、任を全うする上で必要となる費えに充てている。

三人の娘が嫁いだ後の根岸家は、まとまった額の金子を必要としていない。

奥方のたかは内証が苦しかった蔵米取りの頃から家計を能く支え、未だ家事を女中任せにしない糟糠の妻。

嗣子の杢之丞も質実剛健な質であり、少年の頃から柔術修行に熱中する一方、四十を過ぎて自分を生んでくれた母親に感謝を示すことを常に忘れぬ孝行息子だ。

後顧の憂いと無縁の鎮衛は、七十の半ばを過ぎていながら日々の御用に精勤している。

南の名奉行の評判に違わぬ裁きは常に公正を期しており、配下の与力が功を焦って異を唱えても老獪に、角を立てずに黙らせる。

町奉行の職に就いた当初は押し切られ、冤罪の可能性の高い者が刑に処されるのを止められずに苦い想いをさせられたが、齢を重ねた後は仕損じることもなかった。

「今年も残すところ二月余りか」

ひとりごちた鎮衛は、再び『耳嚢』に視線を向ける。

後の世で怪異譚を中心とする奇談集として有名になった『耳嚢』だが、その内容は多岐に亘っており、この世に非ざるものたちが登場する奇談の類いに留まることなく善と悪、聖と俗が交錯する人間模様や、自然災害を紹介する記事も数多い。奇しくも臥煙をしていた過去を持つ鎮衛は火事の怖さを身を以て知っているだけに、読む者に注意を促す配慮も忘れなかった。

「やはり案じられるのは火事なれど、これは霜月早々に剣呑だの」

独りつぶやくと鎮衛は腰を上げ、床の間に歩み寄った。

違い棚から取ったのは、これまでに書き上げた『耳嚢』。

一冊ずつ書見台に載せ、黙々と目を通していく。

南の名奉行が人知れず駆使する異能の力は、昨年から強まる一方。

原因は若き日に渡った玄界灘の離れ島で上体に施され、五十年余りに亘って異能を抑える力を発揮してきた彫物である。

寄る年波で肌が弛み、彫られた文様の形が変わったことで制御が利かなくなるのかと思いきや、何故か力が増したのだ。

齢を重ねた名奉行の心眼は文字どおり、眼光紙背に徹すのを可能とする。

自身が過去に綴った記事に目を通し、その内容と深く関わる、あるいは当の本人がいずれ起こすであろう事件を見て取り、予知することで未然に防ぐのだ。

しかし、今宵の鎮衛は疲れていた。

町奉行は朝から登城に及んで芙蓉の間に詰め、老中と若年寄が退出するのを待って下城に及ぶ。

市中の司法と行政を預ってきた所見は老中と若年寄だけではなく、将軍にとっても得るところは多い。

南北の町奉行は午後からの御用が繁多であれば早退し、奉行所内の役宅へ戻ることを認められている。

しかし老中が御用に熱心ならば、邪険にすることもできかねる。

「さて、如何に防いだものかの」

鎮衛は小声でつぶやいた。

蠟燭の光に浮かび上がった表情には、いつになく不安が目立つ。

「火事に加えて地震か……今年の顔見世は祟られてはおるまいな」

焦燥を帯びた顔に、対処が困難であろうことが見出せる。

続いて鎮衛がつぶやいたのは、思わぬ相手の名前だった。

「更に加えて黒蛇の袈裟三……」

鎮衛が書見台に広げていたのは『耳嚢』の八巻目。

永代橋崩落について記した頁に、黒く澱んだ影が見える。

澱みの中には一人の男。

紺木綿の半纏に股引を穿いた、逞しい体つきの男である。

一見した限りでは悪党とは気付かない、気のよさそうな顔つきだ。

せっせと落ち葉を集めているのも、悪党らしからぬことであった。

周りの風景がぼんやりとしているために判然としなかったが、どこかの寺か神社の境内らしい。

「御府内には違いないが、鄙(ひな)びた地だの……」

鎮衛はつぶやきながらも目を休めずに、更なる手がかりを求めた。

「板橋(いたばし)……さもなくば千住(せんじゅ)かの」

心眼を働かせつつ口に上せたのは、宿場町の名前である。

日の本では長く続いた戦国の乱世が終焉したことに伴って安全に、陸路で旅をすることが可能となった。

京の都に上るのならば海沿いの東海道か、山間の地を往く中仙道(なかせんどう)。

武蔵野から八王子(はちおうじ)を経て甲斐(かい)の国へと至る甲州(こうしゅう)街道は、将軍家に事あらば甲府(こうふ)城へ落ち延びる脱出路として用いられる。

日光(にっこう)街道は将軍が東照宮(とうしょうぐう)に参拝するための御成道(おなりみち)。

その先の奥州(おうしゅう)街道は東北の果てまで続き、海を越えれば蝦夷地である。

華のお江戸は日本橋を起点とする五街道を利用するのは、しかるべき目的を持って旅に出た人々だけではなかった。

江戸から最寄りの第一宿には飯盛(めしもり)と称する私娼を抱える旅籠が軒を連ね、馴染みを作って足を運ぶ遊客も多かった。

東海道の品川宿に中仙道の板橋宿。

甲州街道の内藤新宿に日光街道の千住宿。

世に云う江戸四宿は華の吉原遊郭に迫るほど繁盛し、寺社の門前に多い岡場所とは違って、不意打ちの手入れに見舞われるのも稀だった。

居場所を失くした人々が逃れるのにも江戸四宿は都合が良いが、考えることは追う者たちも同じである。

折しも南町奉行の根岸肥前守鎮衛は中仙道に目を付け、板橋から先の宿場町に配下の廻方を送り込んでいた。

一味の頭は、黒蛇の袈裟三。

鎮衛が南町奉行の任に就いて以来、御縄にすべく追い続けてきた、凶悪な盗人一味の頭である。

五年前からは、更なる怒りも加わった。

南町の若い同心を二人も無残に殺害し、更に二人の同心に傷を負わせたからだ。

その頃の配下は返り討ちにしたものの、袈裟三も伊達に盗人稼業で齢を重ねてきた身ではない。

新たな手勢を掻き集め、再び江戸に現れる。

その時に後れを取らぬように、しかるべく手を打たねばなるまい——。

六

武州の北に大鳥明神の本社が祀られている、花畑という村が在る。

かつては遠路を厭わず酉の市に足を運ぶ善男善女で引きも切らなかったが、祭礼を隠れ蓑とした博打の横行が憂慮されて、明神は浅草に分社。人気を取られてしまった本社は寂れる一方で、今日も境内はがらんとしていた。

神の使いとして放し飼いにされた鶏たちを尻目に、三人の男が言葉を交わす。

正しく言えば一人の男は、話をする気がないようだ。

「どうしても江戸に入りなさるんですかい?」

「幾ら何でも無茶ですぜ。危うきに近寄らず、って言うじゃありやせんか」

「止めるなよ。俺はどうしたって行くからな」

「そんな、子どもじゃあるめぇし」

「頼みますぜ、親分……」

「やかましい!」

話はそこまでとばかりに、だっと跳ぶ。

ひしめく鶏たちを飛び越える、大した身の軽さであった。

出し抜かれたと気付いた鶏が、一斉に暴れ出す。

「ちっ」

「お、親分」

舞い散る羽毛に遮られ、二人の男は相手を見失った。

その隙に鳥居を潜って出たのは、まだ四十前と見受けられる男。

諦めた二人が去るのを見届け、再び境内に舞い戻る。

始めたのは落ち葉掃き。

集める先から落ちてくるのを苦にすることなく、励む様はまめまめしい。

顔つきは若々しく、身なりを調えれば男ぶりも上がることだろう。

体つきは胸板が厚く、押し出しが良い。

今の装いは紺木綿の半纏と股引という仕着せだが、きっちりとした装いも映えることだろう。

この男の名は袈裟三。

花畑村の人別では、三平(さんぺい)と偽っている。

五年前に寺男として大鳥明神に居着き、骨身を惜しまずに良く働くと評判だったが、その実は盗人稼業に手を染めて二十年余りの悪党だ。
境内で絡んできた二人のように、手を組みたがる盗人も多い。

しかし、袈裟三は手堅い質である。

甘い誘いには打ち合わず、人手が要る時はこちらから出向く。

西から東へ渡り歩くことも苦にしないため、上方（かみがた）で犯した罪も多かった。

数多（あまた）の罪状の中でも最たるものは、江戸で南町奉行所の廻方同心を四人も殺傷したことである。

殺害された二人は定廻で、残る二人の同心は定廻から臨時廻となった後、隠居したと見なされていた。

「……あのじじいどもにも、引導を渡しておくべきだったかな」

ふと袈裟三はつぶやいた。

「どっちにしても、今年の顔見世は外（はず）せねぇぜ」

剣呑な表情から一転した笑顔は明るい。

この袈裟三、並外れた芝居好きである。

京大坂に潜（ひそ）んでいれば上方歌舞伎も観るが、やはり一番の好みは江戸歌舞伎。

「今から番付が楽しみだぜ」

うそぶきながらも手を休めず、せっせと落ち葉を掻き集めるのだった。

第八章　爺様と若様

一

一夜が明けて、南町奉行所の役宅。

掃除が行き届いた昼下がりの広間に、ただならぬ光景が広がっていた。

「各々方（おのおのがた）、御用繁多の最中に足労をかけたの」

「滅相もござり申さぬ」

労をねぎらう鎮衛に、正道は折り目正しく頭を下げた。

南北の町奉行が千代田の御城以外の場所で顔を合わせるのは、別に珍しいことではない。月に三度は内寄合（ないよりあい）と称して月番の町奉行の役宅に集合し、勘定奉行と寺社奉行も交えて諸事の連絡や合議を行う習わしがあるからだ。

しかし、本日の顔ぶれは常ならぬものであった。

「なぁ壮さん、幾ら何でも頭数が多すぎるんじゃねぇかい？」

「控えよ八森。お奉行はまだ頭を下げておられる」

「そんなこたぁ分かってらぁな。だから白髪頭で這い蹲(つくば)ってんじゃねぇか」

「南のお奉行に仕切りをお任せしたからには是非もあるまい。我らはこれまでに知り得たことを、謹んでお答え申し上ぐるのみだ」

声を潜めて言葉を交わしていたのは、十蔵と壮平だけではない。

「おい若様、こんなに大掛かりになるたぁ俺は聞いてなかったぞ」

「相すみません。まさかここまでとは……」

「どうにも居心地が悪くっていけねぇや。平田もそう思うだろ？」

「いや、そうでもないが」

「こんだけの揃い踏みを前にしといて、はったりを利かせんなよ」

「これ、まだ頭を上げてはならぬ」

「うるせぇな……！」

そっと前方を盗み見るなり、俊平は再び深々と頭を下げた。

目上の者が礼を尽くしている間、目下の者は同様に振る舞うのが作法の基本。

がさつな俊平が畏れ入るのも無理はあるまい。

熨斗目（のしめ）の着物に肩衣（かたぎぬ）と長袴を着けた正装で上席に座した顔ぶれは、日頃から接している鎮衛と正道だけではないからだ。

俊平たちが並んで座らされたのは次の間であり、居並ぶお歴々と敷居を隔てているとはいえ、緊張せずにはいられなかった。

ようやっと鎮衛が白髪頭を上げた。

合わせて元に戻った裃（かみしも）姿の人物は、正道の他に三名。折り目正しい立ち居振る舞いに似ず、鎮衛に投げかけた言葉は些か無礼であった。

「肥前守殿、卒爾ながら手短に願い申す」

「御用繁多はお互い様なれども、身共の御役目は町方どころではないからの……」

不機嫌な態度を隠そうともしない二人は勘定奉行。

旗本から選ばれる勘定奉行は、幕府の財政の総監が御役目である。

千代田の御城の本丸御殿と大手御門内の二箇所に設けられた勘定所を預かり、幕府の財源となる年貢を諸国の天領から徴収すると同時に、民事と刑事の訴訟を受理して裁きを下すといった多岐に亘る御用を、複数の奉行で分担している。

訴訟を一任される公事方は、松平淡路頭（あわじのかみ）信行（のぶゆき）。

税務と財務を担う勝手方は、肥田豊後守頼常。

当年取って六十七の信行に対し、頼常は六つ上の七十三。

この場において鎮衛に次ぐ年長者だけに、皮肉な物言いを咎める声は上がらない。

続いて槍玉にあげられたのは正道だった。

「備後守殿、ちと教えてもらえぬか」

「何でござるか、豊後守殿」

「肥前守殿の使いからあれこれ聞かせてもろうたぞ。こたびの常ならざる寄合は北町の捕物を助けるためであるそうだの」

「……遺憾ながら、お言葉のとおりにござる」

「やはり左様か。おぬしが如き若輩に町奉行の御役目は荷が勝ちすぎたらしいのう」

「…………」

嘲りを孕んだ頼常の物言いに、正道は異を唱えようとはしなかった。

一方の鎮衛は、傍らに控える内与力を無言で見やる。

恥じた様子で面を伏せた内与力の名前は田村譲之助。

若様ら番外同心と鎮衛の間を繋ぐ連絡役を務める一方、捕物に同行した際には得意の柔術の腕を振るう労を惜しまぬ、六尺豊かな大男だ。

内与力は南北の町奉行所に代々勤める与力とは異なり、町奉行となった旗本の家臣から選ばれる。

当年二十五の譲之助は、根岸の家中でも古株の田村又次郎の跡取り息子だ。長きに亘って主君に忠義を尽くしてきた父を敬う譲之助が、使いに出向いた先で進んで口を割るはずもない。

「……あの野郎、北のお奉行をダシにしやがったな」

「……左様に相違あるまいぞ」

怒りを帯びた十蔵のつぶやきに、壮平は小声で返す。当人たちに聞こえぬように声を低めながらも隠し切れない、強い怒りが滲んでいた。

老獪な頼常は言葉巧みに譲之助を誘導し、こたびの事情を訊き出したのだろう。

又次郎が内与力の中でも責任の重い目安方を務めているのに対し、譲之助が未だ見習いの立場でしかないことは、日頃から正式な内寄合で南町奉行の役宅を訪れる折の多い頼常も承知のはず。軽輩で若輩の譲之助はもとより鎮衛のことも内心で軽んじていたが故、この機に恥を掻かせてやろうと思い立ったのだろう。

「肥前守殿。耳が痛かろうが聞いてもらおうかの」

頼常が鎮衛に向かって呼びかけた。

「身共が畏れ多くも上様より仰せつかりし勝手方は知ってのとおり、関八州に重きが置かれし御役目ぞ。故に栄えある関東取締出役が設けられたと申すに、貴殿の配下の木っ端役人どもは御支配違いに構わず、勝手に咎人を召し捕りおる。備後守、おぬしが配下も同じであるぞ」

痛いところを突かれた二人の町奉行は、黙したままで答えなかった。

頼常から指摘されたこと自体は間違いない。

七年前の文化二年（一八〇五）に設けられた関東取締出役は、関八州の各地に駐在する代官たちの配下から八名を登用し、国境に縛られない見廻りと探索、捕縛を行う御役目だ。

それまでの関八州では将軍家の直轄地である天領が大名領や旗本領、更には寺社領と入り交じった土地柄が災いし、支配権が違う領地に逃げ込んだ咎人を召し捕る際に煩瑣な手続きが必要とされていた。ほんの小さな土地も、治める領主が異なれば境界線が国境として重んじられたのが悪党どもに逆手に取られ、支配違いの地を次々に移動することで御縄にされるのを免れる、悪質な手口が罷り通った。

かくして関東取締出役が創設され、四名ずつの二組が交代で関八州を巡回する体制が整えられたものの、依然として埒が明かない。

そこで鎮衛と正道は示し合わせて南町から若様らを、北町からは十蔵と壮平を送り込み、八州廻りの手から逃れて油断した悪党どもを召し捕っていたのだ。

目的は悪しき輩が、横行するのを止めることであり、手柄を横取りするために始めたわけではなかったが八州廻り、ひいては勘定奉行の面目は丸潰れ。

恨み言を言いたくなるのも分かるだけに、鎮衛も正道も言い返せない。

「おぬしたち、少しは分をわきまえい」

嵩に懸かった頼常は、口調もぞんざいになってきた。

肥田家は信濃国（しなののくに）の氏族である諏訪（すわ）氏を祖とする名家で、戦国乱世を乗り切って三千石の御大身となった家柄だ。当代の頼常も奥祐筆（おくゆうひつ）に勘定吟味役と権限の強い御役目を経験し、勘定奉行となる以前には長崎奉行として、オロシャから乗り込んだレザノフが迫った通商要求を拒絶する大任を果たしている。

対する鎮衛の根岸家は百五十俵取りの小旗本だった成り上がりで、正道が婿として継いだ永田家も同じようなものである。

共に最初に就いた御役目は勘定所の下役であり、同じ勘定畑ながら華々しい経歴を持つ頼常とは比べるべくもなかったが、この態度は頂けない。

「…………」

「…………」

頼常の底意地の悪さに腹を立てたのは『北町の爺様』の二人だけではなかった。
えらの張った顎を不快げに歪めた俊平の隣では、健作が眉を顰めている。
若様も日頃は見せない醒めた眼差しを、敷居越しに向けていた。

「向後は南も北も、せいぜい自重することぞ」

彼らの気分を更に害したのは、それまで口を閉ざしていた信行の言葉であった。

「何を自重せよと申しておるのだ、兵庫頭殿」

「賢明な肥前守殿ならば、すでにお分かりでござろう」

「いや、分かり申さぬな」

「それは残念。南の名奉行ともあろう御仁も、寄る年波には勝てぬか」

鎮衛に苦笑で応じた信行は、大河内松平家の六代目。
大河内松平家は三代家光の治世を支えた名老中にして知恵伊豆と謳われた松平伊豆守信綱の直系の子孫であり、同族で三河吉田七万石を治める松平信明は偉大な先祖に因んで伊豆守の官位を有する、天下の老中首座である。
信明自身は人格者だが、身内の絆は強いもの。
頼常にも増して厄介な手合いと言うより他にない――。

「うぬ、その目は何じゃ！」

頼常が一喝を浴びせた相手は正道だった。

「ほう」

信行は可笑（おか）しげに視線を向けている。

侮蔑（ぶべつ）を孕んだ眼差しを受け止めて、正道は腰を上げかけた。

「待たれよ」

時の氏神となったのは、貫禄十分にして凛々しい声。

「待てとは何じゃ、中務大輔（なかつかさのたいふ）」

「聞いてのとおりぞ、豊後守」

憮然と見返す頼常をものともせずに、その男は微笑んだ。

寺社奉行の脇坂（わきさか）中務大輔安董（やすただ）。

当年取って四十五の安董は、播磨龍野（はりまたつの）五万一千石の大名だ。

三奉行で唯一の大名である寺社奉行は、勘定奉行と町奉行より格が上。

御役目の上でも敏腕であり、齢（よわい）を重ねても稀代の美男子であった。

「埒も無き言を弄するよりも、今は話を進めるのが先であろう」

「さ、されど……」

「黙りおれ」

有無を言わさぬ一喝に頼常は黙り込み、隣に座した信行は青い顔。

「されば肥前守殿、御用向きを承ろうぞ」

「かたじけない」

一転して笑顔で促す安董に、鎮衛は白髪頭を下げる。

膝を正した正道も、謹んで謝意を示すのだった。

二

花畑村の大鳥神社では、今日も袈裟三が落ち葉を掃くのに忙しい。

「ご精が出やすねぇ、親分」

「今日こそ話を聞いていただきやすぜ」

なんとか口説き落とそうと、盗人どもが足を運んでくるのも相変わらずだ。

参拝に訪れる者が少ないとはいえ、人目に立つのは困りものだ。

「帰んな」

袈裟三は素っ気なく告げながらも手を休めず、舞い散る葉を掃き集める。

「ほんとに親分は働きもんでございやすねぇ」

「これまでに稼ぎなすったおたからで一生も二生も喰っていけるでしょうに……」

未練がましくつきまとう二人に構わず、袈裟三は落ち葉を山にする。

境内を吹き抜ける風の向きを読み、せっかく集めたのを飛ばされぬようにしておく配慮も忘れない。

取り付く島もない袈裟三を遠目に見やりながらも、盗人たちは境内から出て行こうとはせずにいる。

「…………」

袈裟三は溜め息を一つ吐き、境内の片隅に向かって歩き出す。

気付いた盗人たちがついてくる。

この執念深さは、袈裟三の評判を知るが故に違いない。

大蛇の如く長い縄を黒く染めて夜陰に乗じ、持ち前の身軽さだけでは届かない塀や屋根をも楽々と制する技に因んで『黒蛇』と呼ばれる袈裟三は、いま一つの通り名を持っている。

知る人ぞ知る、二つ目の異名は『鯰（なまず）』。

由来は袈裟三の見た目ではなく、その身に幼い頃から宿りし異能だ。

日の本には古来より、地震の原因を鯰と見なす思想がある。

大地の奥深くに巨大な鯰が潜んでおり、暴れ出すことで地面が揺れると、大真面目に信じられていた。

原因が鯰であるのか否かはともかくとして袈裟三には幼い頃から地震や火事、更には大きな事故の発生を予測する力が備わっていた。

多くの子どもは幼い時、この世ならざるものが自ずと視える。それが大人にとっては身の毛もよだつこととは思いもよらず、無邪気に語って聞かせる。

袈裟三は神霊（しんれい）や魑魅魍魎（ちみもうりょう）の類いが視えない代わりに、災厄（さいやく）を予言するという異能を生まれ持っていたのだ。

幼い頃の袈裟三は、働き者で愛らしい子どもだった。

実の両親と流行り病で死に別れ、引き取られた親戚の家で邪険に扱われてもひねくれることを知らず、自覚のない健気（けなげ）さが意地悪をする気を失せさせる、まさか長じて盗人になるとは誰も思わぬ少年であった。

そんな子どもだったが故に、災厄が起きる夢をひとたび見ればすぐさま周りの大人たちに知らせ、未然に救ってあげたいという考えが働いたのだろう。

親戚のみならず村の人々も最初は袈裟三の予言に感心し、救われたことに感謝して止まなかった。子どもが不思議な力が発揮したのを奇異と思わず、神仏のお導きと謝して受け入れる風潮が、後の世よりも強かったからだ。

しかし、同じことが何度も繰り返されれば気味が悪くなる。

それでも袈裟三の異能が人を楽しませるものならば厄介払いを兼ね、見世物小屋に売り飛ばすだけで済んでいただろう。

それでも酷い扱いには違いないが江戸には異能に深い関心を抱き、その理を明らかにしようと研究に勤しむ学者が多い。

そうした物好きの目にも留まれば値を問わずに引き取られ、大事にされる可能性も高いはずだが、災厄の予言など剣呑なことでしかない――。

かくして生まれ育った村から追われ、寄る辺を失くした袈裟三を拾ったのが江戸で派手に盗みを働き、ほとぼりを冷ますために関八州を巡る旅をしていた、育ての親の親分だったのだ。

捨てられた理由を知られるや、袈裟三が大事にされたのも当然だった。

予言される災厄は、盗人にとっては格好な飯の種。

火事場泥棒と言うとおり、混乱に乗じて仕事ができるからだ。

発生する日ばかりか時間まで未然に分かるとなれば尚のこと、都合が良い。

袈裟三を擁したことで稼ぎが増えた親分は一家を大きくしてご満悦だったが、当の袈裟三は長じるほどに醒めてきた。

一人前の盗人に育て上げ、元は三平だったのを袈裟三という、立派な名前に改めてくれたのもあり難い。

しかし、余りにも俗物すぎた。

育ての親の浅ましさに嫌気が差した袈裟三の救いとなったのは芝居である。

とりわけ勝俵蔵（かつひょうぞう）の書くものは、良い。

袂を分かった袈裟三は生まれ持った異能で火事を予見しての盗みで稼いでは、江戸三座の歌舞伎芝居を堪能することを喜びとした。

調子に乗り過ぎた親分の意趣返しを果たした際にやり過ぎたため、もう五年も江戸には足を運んでいない。

だが、今年は行かねばなるまい。

霜月四日、江戸で大きな地震が起きる。

勝俵蔵改め四世鶴屋（つるや）南北をはじめ、気に入った役者たちは助けたい。

そのために三座の金主たちに大枚を摑ませ、舞台を休みにさせる必要がある——。

「おい、ちょいと話をしねぇかい」

「親分！」

「そ、その気になってくだすったんで⁉」

慌てて駆け寄る盗人たちを引き連れ、袈裟三は鳥居を潜って神社を後にする。

一帯の産土神である大鳥神社の北側には、毛長堀という川がある。

沿岸の田畑を潤す用水としても活用された川の流れは、後の東京都足立区と埼玉県草加市の境界をなしている。護岸の工事で狭められた川面に往時を偲ぶ名残は少ないものの、世をはかなんで身を投げた若い女房の黒髪だけが年を経て浮かび上がったという伝承に因んだ『毛長』の二文字は、毛長川と名が改められても変わっていない。

久方ぶりに船を駆って流れに乗り、江戸に繰り込むことにしよう――。

三

一同が袈裟三の捕縛に動いたのは、明くる神無月のことだった。

「まさか花畑に潜んでいるたぁ思わなかったぜ」

「灯台下暗しであったな……」

しみじみと言葉を交わす十蔵と壮平は、巣鴨村の事件を解決した後である。

古五郎と範太に意趣返しを断念させ、昔取った杵柄の女装で協力させたのだ。

こちらが借りを作ったのだから、返すが道理。

そういう建前で二人に手を貸し、袈裟三を御縄にするのだ。

「流石は寺社奉行の中務大輔様だ。野郎の生まれを檀家から割り出しなさるとはな」

「実の名が三平と分かったのは幸いであったの」

秋の西日が差す空の下、敵地へ向かう二人は船の上。

若様たちも助っ人として、後に続いてのことだった。


その日の夕暮れ時、胡乱（うろん）な一行が草加宿を後にした。

「親分、ほんとに袈裟三を殺（や）っちまうんですかい」

「勿体ねぇなぁ」

「四の五の言うない。こんどの仕事で山ほど稼げばいいこった」

大八車に付き添う二人をどやしつけたのは袈裟三の求めに応じ、三千両を用意した一味の親分。

石ころを詰めた千両箱を餌にして地震が起こる日時を訊き出し、返す刃で口を塞ぐ腹積もりだ。

「お言葉でございやすがね親分、袈裟三さえ味方に付けときゃ、これから先もずっと楽に稼げるんですぜ？」

「重ね重ね勿体ねぇや」

得心しかねる様子でぼやく二人は大鳥神社に日参し、袈裟三を口説き落とす大役を果たした子分ども。もとより情が湧いたわけではなく、盗みを生業とする輩の誰もが欲しがる異能の恩恵に与れなくなるのを惜しむが故だ。

「てめぇたち、心得違いをするんじゃねぇぜ」

六十の手前と思しき肥満体の親分は、頬被りの下から憮然と付け加えた。

「俺が根を張ってる草加たぁ目と鼻に潜んでやがると知っていながら今まで袈裟三に渡りを付けずにいたのは、便利な力を安くは売らねぇからさね。野郎のおかげでぼろ儲けした恩を着せられちまって、返り討ちになった一家のこたぁ知ってんだろ」

「殺した同心どもの父親が、どっちも腕っこきだったそうでございやすね」

「そん時の怪我で足腰立たなくされてなけりゃ、北の八森十蔵と和田壮平にも引けを取らなかったに違いねぇ。まかり間違ってあの四人に総がかりされちまったら、まず太刀打ちはできねぇだろうぜ」

「そ、そいつぁご免こうむりやす」

「くわばら、くわばら……」

「分かりゃいいんだよ、分かりゃ」

不安に駆られた二人が大人しくなったのを見届け、親分は頰被りの下で微笑む。

花畑村から歩いてすぐの草加は千住に続く、奥州街道の第二宿。堅気を装って居を構え、街道筋を巡って盗みを重ねる一味にとってはお誂え向きの足場である。

日帰りで行き来が可能な江戸の様子を探るにも至便であり、隠密廻という御役目の名称は知り得ぬまでも四人の廻方同心が齢を重ね、一線から退いたと見せかけて密かに御用を担っていることを親分は把握済み。五年前に袈裟三が差し向けた一隊を全滅させた古五郎と範太が重傷を負い、未だ満足に立ち歩けぬのも分かっていた。

「麒麟も老いては駑馬に劣る、だな……」

肉の厚い頰を震わせてうそぶく親分は、定廻を務めていた若き日の古五郎と範太に召し捕られ、小伝馬町の牢屋敷で痛い目に遭わされた身の上だ。折よく火事に見舞われた牢屋敷から解き放たれて殊勝に戻り、罪一等を減じられて江戸所払いに処されたのを幸いに草加宿に住み着いて、行商から小店を構えるまでになった。

もとより裸一貫から身を起こしたわけではなく、裏で悪事を重ねただけのこと。

こたびも袈裟三を使い捨て、濡れ手に粟で大儲けをしようと目論んでいた。

しかし、そうは問屋が卸さない。

「待ってたぜ、おめーたち」

「お奉行の見立てどおりであったな」

毛長堀の畔で刃引きを抜いたのは俊平と健作。

若様は四人の爺様と共に、大鳥神社に向かっていた。

大鳥神社の宮司に袈裟三の素性を明かし、口止めをした上のことである。

勢揃いした南北四人の隠密廻に若様を加えた顔ぶれだ。

いつもと違って譲之助らは同伴していない。

足腰が未だ全快するに至っていない古五郎と範太に若様は付き添い、足を滑らせぬように気を配りながら、夜の帳が下りた境内を進みゆく。

闇の向こうに古びた小屋が見えてきた。

十蔵と壮平は二手に分かれて左右から廻り込み、小屋の周囲に手勢が身を潜めていないことを確かめる。

若様は遠間で見守る古五郎と範太の間に立ち、肩を片方ずつ貸していた。

「……かっちけねぇ」

「……かたじけない」

古五郎は十蔵と同じく伝法に、範太は壮平の如く折り目正しい口調で若様に謝意を述べた。明かりが消えた小屋の中にまで聞こえぬように声を潜め、気配を断つことも忘れていない。

四人の爺様の装いは、廻方同心の捕物装束。

捕具(とりぐ)の長十手を持参したのは同じだが、常の如く刃引きを一本差しの十蔵と壮平に対し、古五郎は大小の二本差し。範太は脇差のみを帯前に差していた。

古五郎と範太が腰にしているのは南町奉行所へ五年ぶりに足を運び、捕物装束に着替えた後も手放さずにいた自前の本身である。

真剣を帯びて捕物出役することは、本来は与力にしか許されない。斬り捨て御免の火付盗賊改と違って町奉行所の捕物は咎人を生け捕って白洲で裁き、罪に問うことが大前提であるからだ。

異例の武装を鎮衛が認めたのは袈裟三との対決が捕物であると同時に、一人息子を空しくされた古五郎と範太の、父親としての意趣返しであればこそ。

願わくば生かして捕えさせたいが、斬ったとしても是非は問わない。

そんなお墨付きを得た上で花畑村まで出向き、十蔵と壮平に同行したのだ。

袈裟三と手を組んだ盗人一味を御縄にするのは、俊平と健作に任せてある。

草加宿を根城にしていた一味の存在を突き止めたのは若様だ。

しばしば参拝を装って袈裟三を訪ねてきたという二人連れの面体を界隈の人々から訊き出した上で社前に張り込み、見かけた機を逃さずに後を追った。

そして江戸で人気のカラン糖売りになりすまし、疑われることなく宿場町を巡って調べを付けたのだ。

かねてより鎮衛に肩入れをする労を惜しまない、安董の力添えも功を奏してのことであった。

寺社奉行である安董の権限を以てすれば、江戸近郊の寺社の檀家で素性の怪しい者どもを洗い出すのは雑作もない。

勘定奉行の二人も鎮衛からの照会に応じ、公事方と勝手方それぞれの御役目の上で把握していた情報を密かに明かしてくれた。

花畑村と同じ足立郡に的を絞っての探索を支えてくれたのは、十蔵と壮平に繋がる面々である。

十蔵とは若い頃に因縁があり、門左衛門の幼馴染みでもある越前屋茂兵衛は木場の材木問屋のあるじにして、江戸三座の森田座の金主を請け合うお大尽。腐れ縁の十蔵と三十余年ぶりに相まみえて意気投合し、岡っ引きとして北町奉行所の探索御用を手伝う運びとなって早々に舞い込んだ難事をものともせず、公私に亘って幅広い人脈を恃みに調べを尽くしてくれたのだ――。

　十蔵と壮平が戻って来た。

「戸板越しに寝息が聞こえるぜ。気持ち良さげに眠ってらぁ」

「一人も伏手(ふせて)は見当たらぬ」

「頃や良し、ですね」

　若様のつぶやきに、四人の爺様は無言で揃く。

　その刹那、小屋の板戸が開け放たれた。

「くたばりやがれ、糞同心ども！」

　怒号と共に衝撃が唸りを上げ、迫り来たのは黒染めの縄。

　黒々とした縄は太く重く、そして長い。

　故に遠間であろうと避けるのを許さずに狙い打ち、叩き伏せ、弱ったところを締め上げて死に至らしめることもできるのだ。

　一瞬の内に窮地に立たされた四人を救ったのは、若様の鍛え上げた蹴りだった。

「エイ！」

「野郎っ」

負けじと袈裟三は太縄を振り回す。

一蹴りで叩き落とされても攻めは止まらず、二撃、三撃と続けざまに迫り来る。

「野郎っ」

袈裟三が怒号と共に振り回すのは、黒蛇の異名の由来となった大縄だ。

しかし、古五郎と範太は負けない。

「参れ、江戸川っ」

「応！」

範太の合図に応じ、古五郎は地を蹴った。

「なんだと……⁉」

身軽な袈裟三も度肝を抜かれるほど高々と跳び上がるなど、未だ本復するに至らぬ足腰で成し得ることではない。

一瞬で古五郎は間合いを詰め、袈裟三の前に降り立った。

掻い込んでいたはずの二本の杖が見当たらない。

降り立つ寸前に放り出し、両の手を空けたのだ。

これで刀の柄を取り、鞘を引くのも自在となる。

袈裟三との間合いは一足一刀（いっそくいっとう）。

壮平に匹敵する腕前の古五郎ならば抜き打ちの一刀で、憎んで余りある息子の仇を討ち取ることが叶うに違いない——。

「ぐっ」

袈裟三の体がくの字に曲がる。

しかし、血が流れ出るには至らない。

それもそのはずだった。

「神妙に縛につけい、黒蛇の袈裟三！」

仕込み杖のばねを活かして間合いを詰め、叩き付けたのは刃ではなく十手。

この心意気に答えねば——。

境内の石畳を蹴り、若様は跳んだ。

「野郎！」

「ハッ‼」

負けじと振るう縄をかわしての一撃が、袈裟三を打ち倒した。

二見時代小説文庫

南町番外同心5　助っ人は若様

二〇二四年　四　月二十五日　初版発行

著者　牧　秀彦

発行所　株式会社　二見書房
〒一〇一-八四〇五
東京都千代田区神田三崎町二-一八-一一
電話　〇三-三五一五-二三一一［営業］
　　　〇三-三五一五-二三一三［編集］
振替　〇〇一七〇-四-二六三九

印刷　株式会社　堀内印刷所
製本　株式会社　村上製本所

ISBN978-4-576-24036-7
https://www.futami.co.jp/

牧 秀彦

南町 番外同心 シリーズ

以下続刊

① 南町 番外同心1 名無しの手練
② 南町 番外同心2 八丁堀の若様
③ 南町 番外同心3 清水家 影指南
④ 南町 番外同心4 幻の御世継ぎ
⑤ 南町 番外同心5 助っ人は若様

名奉行根岸肥前守の下、名無しの凄腕拳法番外同心誕生の発端は、御三卿清水徳川家の開かずの間から始まった。そこから聞こえる物の怪の経文を耳にした菊千代（将軍家斉の七男）は、物の怪退治の侍多数を拳のみで倒す〝手練〟の技に魅了され教えを乞うた。願いを知った松平定信は、『耳嚢』なる著作で物の怪にも詳しい名奉行の根岸にその手練との仲介を頼むと約した。「北町の爺様」と同じ時代を舞台に対を成すシリーズ！

早見俊

剣客旗本と半玉同心捕物暦

シリーズ

①試練の初手柄

香取民部は蘭方医の道を断念し、亡き兄の跡を継いで十手御用を担ったばかり。武芸はさっぱりの「半玉」だが、相次ぐ殺しの探索を行うことに…。民部を支えるのは剣客旗本の船岡虎之介、叔父・大目付岩坂備前守の命を受け、兵藤成義一之宮藩主の闇を暴こうとしているが、それは民部の追う殺しとも関係しているらしい。そして兄・兵部の死の真相も明らかになっていく…。